さくらコンタクト
【route B 真智ありす】
日日日
illust 三嶋くろね
「ただいま見参」
{真智《まち》ありす}
「教室の前扉をえらい勢いで開いて、
ひとりの少女が登場する。」
JN267009

彼女は、ずっと俺を友達だと思っていたのだろうか。
春彦と
幸せになれますように
ありす

『はふう、春ちゃん……♪』
ありすはこうやって
死の恐怖を堪えていたのだ。

『ブル・フル』のものたちは
暗くて冷たい感情を糧《かて》にして成長します。
だからこそ、あったかい感情の溢れたこの世界に憧れて、
ときに人間に取り憑いて熱を奪う
きみは、運悪くそんな化け物に
目をつけられただけ——

さくら
日日日
Akira
illust三嶋くろね
Kurone Mishima
コンタクト
{route B 真智ありす}
KL!
このラノ文庫

Contents

イラスト：三嶋くろね

デザイン：團 夢見（imagejack）

さくらコンタクトとは……

春の町、とも謳《うた》われる全国でも有数のうつくしい桜参道が有名な地方都市・花蒔《はなまき》。

毎年、満開の桜が咲き乱れるこの町の学生たちが登下校に用いる桜参道の最果てに、ひとつの特異な桜の木があります。

樹齢千年とも数千年ともいわれる巨木、「佐保姫《さほひめ》さま」と呼ばれ地元民から観光客にも愛されるこのおおきな桜の木は、もう十数年も咲くこともなく枯れ木のような侘《わ》びしい姿で鎮座しています。

この「佐保姫さま」にまつわる、いつから囁《ささや》かれているのかもわからぬ不思議な伝説がありました。

この「佐保姫」さまに触れ、見事に開花させたものには祝福が与えられるという、伝説です。

とくに学生たちの間では『新学期の初日、佐保姫さまを咲かせられた生徒には、必ずすてきな恋人ができる』と噂《うわさ》されていました。

何の根拠もない地域の伝承、あるいはくだらない都市伝説のたぐいであろうと、良識あるおとなたちはあまりその伝説について口にしませんが。

そんなおとなたちも、学生時代には期待をこめて「咲かないかな」と「佐保姫さま」に触れた経験がいちどはあるはずです。

今年の春にもまた、「佐保姫さま」の前には学生たちがちょっとした興味から、あるいは切実な願いをこめて長蛇の列をつくっています。

そんな花莳の風物詩ともいえる行列のなかに、ひとりの平凡な高校生の男の子がいました。

桜木春彦《さくらぎはるひこ》。生粋の花莳っ子らしい春めいた名前の、ごく常識的な人生を歩んできた男の子です。彼は、幼なじみのキュートな女の子・小河桃子《おがわももこ》や、やや口と態度が険悪な妹・咲耶《さくや》、そして親友の真智白兎《まちはくと》らとともにその行列に並ぶことになります。

春彦も思春期の健康な男の子です、ちょっと恋のひとつもしてみたいお年頃。けれど、そこまで期待していたわけではありませんでした。奇跡は、現実にはなかなか起こりえないからこその奇跡なのです。

けれどその日、「なかなか起こりえない奇跡」が起きてしまいました。

春彦が触れた途端に、「佐保姫さま」は満開の花を咲かせたのです。

驚き慌てふためきながらも、春彦は「伝説を実現させた奇跡の少年」として一躍、話題の人物になってしまいます。

登校すれば人垣に取り囲まれ、もてはやされ、「どうやって桜を咲かせたの？」「ほんとにすてきな恋人ができると思う？」などと質問ぜめ。さらには自分こそ伝説に謳われる「すてきな恋人」なのかしらん、と期待をこめた女の子たちからのアプローチもあったりして……。

とはいえ春彦の平凡な人生が劇的に変わるはずもなく、やがてみんな興味を失い、「佐保姫さま」にまつわる話題も沈静化していくはずでした。

そうして春彦の穏やかな日常は、「いつもどおり」につづくと思われましたが……。

楽観する春彦に冷や水を浴びせるみたいに、強烈で刺激的な非日常がやってきます。

冬のような、凍てついた気配とともに。

ひとりの少女として、春彦の前にその非日常は舞い降りてきます。

彼女の名前は、真智ありす。

桜木春彦と、『冬のような女』真智ありすの「再会」から、神のみぞ知る恋の物語が始まります。

プロローグ

1

寒い。

不意に感じたのは、足下《あしもと》から脳天まで凍りつくような冷気。

「お、おい、どったの？」

授業中だ。

となりで堂々と単行本で乳首が追加される漫画を読んでいた白兎《はくと》が、小声で囁《ささや》いてくる。

「べつに……大丈夫だけど……」

俺が自分で自分を抱きしめ、寒気を堪《こら》えながら応えると、白兎は呆《あき》れたように。

「ンなわけあるか、おまえ真っ青だぞ？」

「ど、ど、どうしたのよ春彦《はるひこ》」

逆サイドに座った桃子《ももこ》が、うろたえながら。

「すごい顔色してるわよ。震えてるし、ようやく桜がどうこういう騒ぎが一段落したのに、今度は何なの？」

ふたりが左右から、俺の顔を覗《のぞ》きこんだ――。

次の瞬間だった。

ばあん！

教室の前扉をえらい勢いで開いて、ひとりの少女が登場する。ネクタイの色からいって三年生か。弓みたいに威嚇的《いかくてき》なサイドテール。それこそ、凍りついたような無表情。

教室中が静まりかえるなか、その少女のちいさな声が響いた。

「ただいま見参」

時代劇みたいなことを言い始めた、そんな彼女を見て、なぜかとなりの白兎が口をあんぐり開いて。

「うげえっ、姉ちゃん――どうしてここに⁉」

「春ちゃ……春彦が危機に陥《おちい》ったとき、わたしはどこからともなく現れます」

そこからは一瞬だった。

どどどっ（少女が俺のもとまでダッシュしてくる音）。

ぐっ（机に突っ伏《つぶ》して動けない俺の肩を掴む音）。

ひょいっ（俺を軽々と肩に担《かつ》ぐ音）。

「ちょっ、なっ――」

「お気になさらず、授業をつづけてください」

少女の言葉は、黒板の前で呆《ほう》けている教師へと向けたものである。

「では」

かるく頭をさげると、少女はものすごい勢いで教室から駆け去ろうとする。その肩にのせられたままの俺は。

「な、何だこれ⁉　俺、いま誘拐されてるーっ⁉」

「だいじょうぶです、春ちゃ……春彦。お姉ちゃんが助けてあげますからねハァハァ……何も怖いことなんてありませんハァハァハァハァ……」

いや、あんたがコワいです。

「うおぉい、待ちなさいよコラァアア⁉」

ようやく正気に戻ったらしい頼れる幼なじみ、桃子が教室の扉を開いて怒鳴ってくる。

「ちょっと、白兎くんも追いかけるわよ！　よくわからないけど春彦がピンチっぽいんだから！」

「す、すまん小河《おがわ》。悪いけど、俺はあいつにだけは逆らえないんだ……」

白兎はシリアス顔になって、決めポーズで。

「恐れていた事態が、ついに……！」

「中二病はいいから、早く追いかけるわよ！……って、あぁもう！　見失っちゃったじゃないばかーっ！　何なのよあの女の子ったらもうもうもうもう‼」

桃子の悲鳴が、平穏な学園に漂うのであった。

2

いつの間にか、意識を失っていた。

夢を見ている。

むかし、俺にはたいせつな友達がいた。

桃子は幼なじみだったけど、そのころの俺は彼女や妹と家でおままごとやお人形遊びをするのに飽きて、男の子らしい好奇心から町のあちこちを冒険していた。

そして、出会った。

俺がいま通っている学校の、その通り道になっている、つまりあの奇妙な桜が咲いていている——天裏神宮《あまりじんぐう》。

子供っぽい興味から、俺は他の誰も寄りつかない、鬱蒼《うっそう》とした森の奥の奥へと分け行った。

そこで、出会ったのだ。

ひとりの女の子に。

俺の友達で、宿敵で、喧嘩《けんか》仲間で――もしかしたら、初恋みたいなものだった。

彼女との交流は、俺の大切な記憶……。

「そこで何をしているんです」

つんと澄《す》ました無表情で、巫女《みこ》服の幼い少女はこちらを見据《みす》えてくる。

「どうやって、ここに……」

胡散《うさん》臭そうに。

「よくわかりませんが、侵入者は――火炙《ひあぶ》りです！」

いや、とくに大切じゃなかった、むしろ忘れたかった記憶であることを、いま思いだした。

3

忘れたくても忘れられない、あの女の子の名前は――。

「あり……す……？」

「はい」

目を見開くと、すぐ間近《まぢか》に少女の顔。

「呼びましたか、春彦」

こちらを覗きこんでくる、その表情が、あの幼い日に出会った巫女服の女の子と重なる。

むしろ、どうしてすぐに気づかなかったのだろう――友達、だったのに。

「おまえ」

確かめるために、繰りかえしその名を呼ぶ。

「ありす、か？」

「相変わらず呼び捨てですか？　わたしのほうが年上なんですけど」

にんまりと、何だか機嫌よさそうに彼女――ありすは笑みを浮かべると。

「むかしと同じで、きみは生意気で、……可愛いです♪」

「おまえ、これまでどうして――あのときの……」

いろいろ尋《たず》ねたいことはあったが、ふと気づく。

「その前に」

俺は叫ぶしかなかった。

「おい！　これはいったいどういう状況だ！」

なぜか俺は手押し車に乗せられているのだった。ありすが、ベビーカーのようにそれを

押し、学校の広々とした校庭を歩いている。授業中の生徒たちから丸見えである。やめてこの羞恥《しゅうち》プレイ！　不登校になっちゃう！

「担いでいこうかと思ったんですが——さすがに男の子ですね、重かったので、仕方なく手押し車を用務員さんから借りたわけですが？」

「そこまで無理して俺を運ばんでもいいよ、ってかおまえも恥ずかしいだろこれ！」

「わたしは楽しいですよ、子連れ狼みたいで……。うふふ、春ちゃんがわたしの赤ちゃんに……ねぇ、『ちゃーん』って言ってください『ちゃーん』って」

「何言ってるかわからん、ってか降ろせ！」

「拒否です」

端的《たんてき》に応えると、ありすはすこしだけ怖い顔をした。

「きみ、己の体調を思いだしてくださいね——自分で歩けるならいいですが、無理でしょ？　重病人なの自覚してくださいね？」

言われると、同時に全身に震えが蘇《よみがえ》った。

否《いな》、これまでは驚きで一時的に忘れていただけで、身体が氷漬けになったような寒気はずっと継続していたのだ。寒い。歯の根が噛みあわない。触れている、ステンレス製の手押し車があったかく感じるほど、体温が低下している。

不安になった。

「俺は病気なのか?」

「そんなようなものです」

ありすは曖昧《あいまい》に応え、俺もいちおう納得する。以前、風邪をひいたときの症状を百倍酷《ひど》くしたような感じは、何か俺の知らない重病である気がした。それにしたって、前兆《ぜんちょう》も何もなく急に——というのは、解《げ》せないけど。

「おっと」

ありすのポケットから『暴れん坊将軍』のテーマ曲が響き、彼女は携帯電話を取りだす。

無表情のまま、それを耳に押し当てて。

「もしもし、何の用ですか」

冷え冷えとした声である。

「わたしの幸せ絶頂タイムを邪魔するなら、きみの爪を一枚ずつ剥《は》がしてネックレスをつくりますよ」

コワいこと言い始めた。

「はぁ? わたしが未熟《みじゅく》? 偉くなったものですね、もうあのころのわたしとはちがう——わたしは努力を惜《お》しみませんでした! それに、このままじゃ春ちゃんは……春彦を助けられるのはわたしだけ——このままじゃ死……」

な、何か不穏《ふおん》な単語が漏れ聞こえてくるんだけど。

誰と通話してんだろ？

「あなたに口出しされる謂《い》われはありません。あなたにそんな権利はありません——親友を心配するというなら、わたしのほうが先ですから！　白兎、あなたよりずっと前から、わたしは春ちゃんの友達でした！」

一方的に叫ぶと、ありすは憤懣《ふんまん》やるかたない表情で携帯電話を切った。

ってか。

「白兎？　何で？」

ありすと白兎の関係がわからず問うと、彼女はまだ苛立《いらだ》ちを引きずった表情で。

「むかしは、苗字は名乗りませんでしたね、そういえば——」

胸元に手を添えて、刻みこむように。

「わたし、真智《まち》ありす」

俺の親友の名前は、真智白兎。

きょうだいなのだ——たぶん、年齢からいって姉と弟か。ありすの苗字を知らなかった俺は気づかなかった。ぜんぜん似てないし。白兎も姉について口にすることはあったが、まさか、ありすだとは。

「うふふ。弟の親友ならば、わたしにとっても家族同然——『お姉ちゃん』って呼んでもいいんですよ？」

「いや、厄介《やっかい》なきょうだいは妹だけでじゅうぶんだ。姉なんかいらん」

動揺してるのに気づかれたくなくて、仏頂面《ぶっちょうづら》でぼやくと、ぎゅううう——と頰《ほお》をつねりあげられた。

「んもう、口ばかり達者になっちゃって。お姉ちゃんは哀《かな》しいです。その腹の立つ発言を繰りかえす舌を、少年漫画の安い悪役ばりにピアスの穴だらけにしますよ？」

だから、こえーよ！

俺は怯《おび》えながらも、呆れ半分、そして嬉しさ半分で。

「おまえは、変わってないな……」

そうだ。

最初に出会ったころから、ありすは残虐《ざんぎゃく》で、凶暴で、理解不能な——。

「きみは」

ありすは刹那《せつな》、びっくりするほど無邪気に笑うと。

「——おおきくなりましたね、春ちゃん」

4

桜の花びらが舞い散るなか、手押し車に乗ったまま移動する。

すっかり要介護者みたいだが……。寒気のせいで指先や爪先の感覚がなく痺《しび》れていて、ちぎれてしまったようで、動かないのだ。

冷静に考えるとぞっとするような事態なのだが。それを察してくれたのか、ただマイペースなだけか、ありすが話しかけてくれるので気が紛《まぎ》れた。

「懐かしいですね」

こちらに震動がこないように、優しく手押し車にちからをかけながら。

「むかし、このあたりでよく鬼ごっこをしましたね」

「箒《ほうき》を振りまわす鬼のようなおまえに追いかけ回された記憶ならあるけど」

「それに、隠れん坊をしたり――」

「見つかったら殺されると思って死ぬ気で隠れた記憶ならあるけど、なぜかおまえ斧《おの》とか持ってたし」

「神社の観光客に『あらあら、可愛らしい子供たちね』って微笑ましく見守られたりしていましたね」

「集会を開いてた暴走族におまえが喧嘩を売って、必死に手をひいて逃げた記憶ならある」

「ちょっと！　ひとが楽しかった思い出を噛みしめてるのに、なぜ興醒《きょうざ》めすることを言うのですか！」

「気持ちよく捏造《ねつぞう》すんなよ、俺にとってはトラウマなんだよ！」

「春ちゃんは」

くしゃ、と彼女は無表情を崩《くず》して、ほんとに寂《さび》しそうにつぶやいた。

「楽しく、なかったんですか――？」

「あ、いや、その……」

あらためて思いだしてみると、わりと悲惨な記憶なのだけど。

楽しかったかそうでないかと問われると、たぶん――楽しかったのだ。だって、記憶のなかの俺もありすも子供らしい、嘘偽《うそいつわ》りのない満面の笑顔だ。

女の子の遊びになじめずに、冒険を求めて飛びだして、ありすに出会った。

彼女との交流は刺激的で、ドキドキワクワクして、退屈してる暇《ひま》なんてなかった。ありすだって、女の子なんだから――たぶん桃子や妹みたいに、おままごともしかっただろうに。ずっと俺に付きあってくれたんだ、感謝している。

でもそれを素直に口にするのは恥ずかしかったから、俺は話題を変えた。

「そういや、おまえと白兎って姉弟なんだろ――でも当時、俺、白兎と会ったことないなあ。あいつ、あのころはどうしてたんだ？」

「さて。あれと姉弟になったのは、きみと別れたあとですからね……。ちょっとした家庭の事情があるのですよ、見てわかると思いますが――血も繋《つな》がってませんしね」

　まぁ、似てない姉弟だし、納得ではある。

「わたしの弟は、春彦だけです」

「俺はおまえの弟じゃねぇ」

「つれないことを言わないでください、このまま肥《こえ》だめに突き落としてもいいんですよ」

　いまの俺はありすに命運を握られてるかたちである、迂闊《うかつ》な発言はせんほうがいいか……。びびりながらも、つい。

「しかし、白兎もおまえも、もっと早く言ってくれたらよかったのに――姉弟だって。そしたらさ、おまえとまた……」

　そこまで言って、俺は、自分の迂闊さを呪った。

「だって……」

　ありすは呻《うめ》いて、しばし黙りこむ。

　脳裏《のうり》に、陰惨《いんさん》な光景がよぎる。

『もっと早く言ってくれたらよかったのに』？　『そしたら、おまえとまた』？　俺は何を言っている？　虫が良すぎる話である――むかし、俺はありすの善意を踏みにじり、彼女を酷く傷つけたのだ。

　あのとき、俺たちの間にあった絆は壊れてしまった。

　いちばんの友達だったのに、すべてはご破算になってしまった。

「わたしは、弟からきみのことを聞いて——たまに、遠くから見て。元気そうだったから、それだけで良くて……」

俯き、彼女は決意をこめて。

「でも、今回だけは——見すごせません」

「そもそも、俺はいったいどうなっちまったんだ？　むしろ、病院に運んでもらったほうがいい気がするんだけど……」

「だめです」

ありすは頑《かたく》なである。

「医者には、きみを助けられません。ただの風邪か、よくわからない体調不良と判断され——手をこまねいているうちに、きみは死ぬ」

「死……っておい、何だよそれ——呪いとか祟《たた》りとか言うつもりか？」

「そんなようなものです」

真摯《しんし》に、彼女は言った。

「きみはすでに、超常現象に遭遇《そうぐう》しているはずですが？」

その言葉と同時に。

俺は、今朝——満開の花を咲かせた、あの曰《いわ》くつきの巨大な桜の前を通過した。不気味とすらいえる、無色の、何色にも染まっていない花びら。たしかに、今朝のあの出来事は当たり前の論理では説明ができない怪奇現象だった。

俺が寒気を感じ始めたのと、同じタイミングだ——無関係ではないのかもしれない。

「こ、この桜に、俺は呪われてる……とか？」

「いいえ」

ありすはむしろ畏《おそ》れるように、必死に首をふった。

「この桜は、きみの味方です。きみに幸福を運んでくれる存在です——あったかいものを、きみに与えてくれます」

抽象的な話だったけれど。そういえば、桜に触れた直後は何だかみんなにチヤホヤされたりして、むしろ幸せな感じだったなと。

「その桜の恩恵は、とても貴《とうと》い、得難《えがた》い、宝物のようなもの。それを狙って、悪《あ》しきものがきみを狙っているんです——いいえ、襲いかかっている最中なんです。今このときも」

この寒気は、俺のなかにある桜のちから（？）を奪おうとする何者かの『攻撃』なのか。

「悪しきもの——つまり、ありすが犯人か！」

「なぜそんな結論に至るのですか。理解できません。永久歯をすべて引っこ抜かれたいんですか？」

やりかねない。

俺の乳歯は何本かこいつに持って行かれたし、実際。何で当たり前のようにヤットコとか持ってるんだこいつ、時代劇の拷問《ごうもん》シーンとかでしか見たことないぞ。

「おまえさ、言動が怖すぎるよ——ちょっとした冗談じゃんか」

何の気もなく、素直に。

「無表情だしさ、もっと笑って当たり障《さわ》りないこと言ってればモテるだろうに——せっかく、見た目はきれいなのに」

「………」

なぜか耳をすごい勢いで引っぱられた！

ありすは俺の発言がよほど腹に据えかねたのか、それからしばらく——そっぽを向き、怒りか何かで耳まで真っ赤に染めたまま、押し黙っていたけど。

やがて。

「さて」

気を取り直したように、やや引きつった声ながらも、彼女は再び語りだす。

「春彦、これから——きみを、この天裏神宮の秘密の場所へと案内します」

「トイレとかか？」

「そこを秘密にしたら観光客が困るでしょうが。……茶化さないでください、真面目な話なんです」

ありすは冷え冷えとした表情になると、端然と。

「きみは、かつて子供らしい好奇心から——その場所に踏みこんできました。本来なら、誰も入れないように結界が敷いてあるはずなのですが、当たり前のようにそれを乗りこえてね。正直、初めて見たときは驚きましたよ」

俺たちは、神社の境内を素通りし、やがて浮き世と神域を区別する木立の群れ——いわゆる鎮守《ちんじゅ》の森に踏みこんでいた。かろうじて白い石が敷きつめられ、道らしくされているところを、手押し車で分け入っていく。

どんどん静まりかえり、やがて鳥や虫の音すら聞こえなくなっていく。

死出の旅路のようだった。

「一般人には、ここに道があることすら認識できません。なのに、きみは踏みこんできた——桜に祝福を受けたことといい、きみにはそういった才覚があるのかも」

そんな秘められたちからみたいなのは正直、いらんのだけど。

実際、そのせいでこの寒気とか、酷い目にも遭《あ》ってるみたいだし……。

「ようこそ」

やがて朱塗《しゅぬ》りの、装飾はないものの高貴な雰囲気のある鳥居をくぐると。

景色が一変した。

「ここが、ほんとの天裏神宮」

ふわりと、頬に冷たいつぶが触れる。驚いて見ると、それは雪だった。ありえない。いまは四月だ――そう思って周りを見回し、俺はぎょっとする。

一面の雪景色だった。

分厚い、純白の積雪。足跡のひとつもない、誰にも踏み荒らされていない自然そのものの雪原だ。ほとんど何もなく、鳥居のすぐそばにちいさな建物がいくつか、雪に押しつぶされそうになりながら点在している。

あちこちに、岩石でつくられたような、ごつごつとした樹木が傾いた状態で生えている。その根本には紫色の不気味な花々――アマリリスが、淡色の世界を彩《いろど》るように咲いていた。

空は星ひとつない漆黒《しっこく》で、そのなかを純白のつぶがちらほらと舞っている。

「え……？　何だ、これ……？」

およそ現実離れした光景に、俺は唖然《あぜん》とするしかなかった。

ありすは白い吐息《といき》を漏らして、周りを注意深く見据えている。

「ここは、わたしたちの暮らしている世界と、冷たい異界『ブル・フル』のあわい――境界線上です。空港のエントランス、と言えば理解しやすいでしょうか」

「ぶるふる？」

聞いたことのない言葉に、俺が小首を傾《かし》げると。

彼女は再び手押し車にちからをくわえ、歩きだした。

「いまは理解する必要はありません。春彦、体調はどうでしょう——ここは神聖な場所なので、きみを治療するにはいいかと思ったのですが。桜の加護の届かない『ブル・フル』の領域ですし、むしろ長居するのは危険かもしれませんね」

正直、寒気は酷くなっている。

ただでさえ冷気に全身を侵《おか》されてるうえに、この雪だ。

「我慢してください」

ありすが、そっと後ろから俺に密着し、体重をかけてくる。

ぎゅうっ、と。

むかしにはなかった、たわわな胸の膨《ふく》らみが押しつけられる。

身体は成長したのに、当時と同じようなスキンシップをとられると、どうしたらいいのかわからない。

「うふふ」

ありすは俺の動揺を楽しむように、かすかに笑みを浮かべていたが。

やがて、いちばん近くにあったちいさな建物に辿《たど》りつく。かなり古風な感じで、弥生《やよい》時代の遺跡ですと言われたら信じそうだ。壁や天井は木造で、石でできた床の上には織物が敷かれている。

ありすは手押し車から離れ、壁の灯籠《とうろう》に火をいれ、室内を明るくする。戻ってくると、俺の正面にまわって脇の下から手をいれ、抱きかかえようとする。

彼女の、同年代の女子に比べても立派な胸元が、顔面にぎゅうぎゅう……。

「お、おい！　当たってるぞ！」

「あら？」

ありすは「きょとん」とすると、にんまり笑った。

「あぁ、そうですか――春彦も思春期なんですね。お姉ちゃんの身体にえっちな気持ちを抱いちゃうんですね。あぁ、可愛らしかった春ちゃんが、女の身体に獣欲を抱くゲス変態野郎に……♪」

何で嬉しそうなんだ。

てきとうなことを言いながら、ありすは俺を丁寧《ていねい》に運び、何やら神像やら神具らしきものが並んだいちだん高いところへ、俺を寝かせた。

「ちょっとお待ちを」

言いながら、手押し車ごとどこかへ去ってしまう。

取り残された俺は、あらためて周りを眺めたりしつつ、いまだ状況についていけなくて混乱したまま。

今朝から、色んなことが起こりすぎていて、ついていけない。

桜の不自然な開花。周りの奇妙な反応。突然の寒気。ありすとの再会。この不気味な、真冬のような場所――。

ありすが何を思って俺をこんなところにつれてきたのか（治療、とか言っていたが）正直不安だけど。

なぜだか、ありすから悪意のようなものは感じない。

俺はあのころ、彼女にあんなに酷いことをしたのに。

また脳裏に、当時の記憶がよぎる。そういえば、むかし彼女に会ったころも、ときおり季節外れの雪がふっていた――。

「お待たせしました」

寒さでうまく廻らない頭で、うつらうつらと思案していると、ありすが姿を見せた。

巫女服である。

清廉《せいれん》な、神職の衣装。手には玉串《たまぐし》を握っている――ふつうは榊《さかき》とかなのだろうけど、なぜか桜の花びらを模《も》した独特のものだ。

むかしは、ありすはいつも巫女服だったから――俺としては正直、こちらのほうがなじみ深い。微笑み、なぜか得意げなありすに素直に言った。

「何か、ようやく――ありすに再会できた気がするよ」

「そうですか」

素っ気なくも、口元をわずかにゆるませて、彼女は宣言する。

「これから、天裏の巫女であるわたし——真智ありすが、きみ、桜木《さくらぎ》春彦に取り憑《つ》いた『ブル・フル』住民の除去を、つまり取り憑いたもののお祓《はら》いを実施いたします」

おおよそ現実味のない、よく理解できない言葉。

でも、今日だけで俺はいくつもの怪奇現象を体験したし、何よりも——。

「お姉ちゃんが、助けてあげますからね」

ありすのその言葉を、信じたいと思った。

5

艶《つや》やかな声が響く。

荘厳《そうごん》な、祝詞《のりと》だ。古語のようで俺にはよく聞きとれないが、ときおり知った言葉が耳に届き、どきりとする。それはこの町の名前だったり、あの桜の通称だったり、漫画とかで聞いたことがある神さまの名前——コノハナサクヤヒメとかだったり。

人外の、超越的なものと交流する、そのための手続き。愚《おろ》かしくか弱く穢《けが》れている人間が、彼らと一時的にでも口をきくため、自《みずか》らを浄《きよ》め身の証《あかし》を立てるために、必要な儀式。

まぁそんな建前はともあれ、純粋に、一心に祈りを捧げているありすはきれいだった。

弓のような、骨格でも入っているようなサイドテールはぴんと張りつめ、きちんと正座し玉串をゆるやかに動かしている。

視線の先、祭壇《さいだん》には俺が仰臥《ぎょうが》させられ、何だか生け贄《いにえ》に捧げられてる気分だ。

ありすの手にした玉串が俺の身体を撫《な》でるたび、胸の奥などで、冷気がうごめく。嫌がるように。確実に、俺のなかには何かが潜《ひそ》んでいる。

慎重に、ありすは俺にはわからない手順で神具を用いる。鐘を鳴らし、香料をひとつまみ擦《す》り落とし、トランス状態に入ったような、ほとんど恍惚《こうこつ》とした表情で。

「春彦はいま、この敷島《しきしま》の――この国の季節を統《す》べる佐保姫《さほひめ》さまの、加護を受けています。それは元来、人間や、高次元生物である『ブル・フル』にすら手出しができない超越的な存在、まさに神々からの祝福です」

汗のしずくが、彼女の頬を伝い、鎖骨《さこつ》のあたりまで落ちていく。

とろり、と。

「きみの体内に取り憑いた冷気を祓うには、そのちからを借りるのがいちばん。ただし、その加護はあまりにも強すぎる。すこしでもバランスが狂えば、危険かもしれません。喩《たと》えて言うなら、巨大な爆風で火事を消し止める感じでしょうか」

実際、そんな消火方法はあるらしいけど。

「しかし、他に方法はありません。祈願《きがん》しても、『ブル・フル』住民がこちらの要求を聞きいれてくれないなら――強制的に排除するしかありません。佐保姫さまの虎の威を借り、きみを蝕《むしば》む悪しきものを除去します、春彦」

ありすの呼吸が乱れている。

見るからに疲弊《ひへい》しているようで、表情は変わらず冷然としたものだが――汗の量が増え、白無垢《しろむく》な巫女服はすでに透《す》けて肌が見えるほどだ。建物の周りは雪景色だが、その冷気が忍びよってくるのをはね除けるように、彼女の全身が発熱している。

苦しげに喘《あえ》ぎながらも、丁寧に、彼女は儀式を進めていく。

祝詞が奏上《そうじょう》され、確実に俺のなかの寒気が身をよじって嫌がっている。

どうして、と俺は疑問に思う。

ありすのことを、むかし、俺は傷つけた――俺の、一方的な傲慢《ごうまん》さから。なのに、何でここまでしてくれる。苦しいのだろうし、彼女が危険な橋を渡る義務はないはずなのだ。

俺のことなど、見殺しにしてもよかったはずだ。

なのに、彼女は俺の危機にいちばんに駆けつけて。

今こうして、命を燃やすようにして助けてくれようとしている。

どうして？

不安と、理解できない気持ち、疑いが――凝固したように、俺のなかで冷たい塊になる。

それは、皮膚のしたで蠢《うごめ》く寄生虫のように、痛みをともないながら暴れまわる。

「う、あああっ」

怖気に、俺は喘いだが、ありすが必死に声をかけてくれる。

「だいじょうぶ、必ず助けますから。信じて、心を強くもって」

それは励《はげ》ましだった。

「『ブル・フル』のものたちは熱力学的にありえない、マイナスの指向性をもつ異界の精神、いわゆるマクスウェルの悪魔——それは暗くて冷たい感情を糧《かて》にして成長します。恐怖、悪意、疑い、憎悪……だからこそ、あったかい感情の溢《あふ》れたこの世界に憧れて、迷いこみ、ときに人間に取り憑いて熱を奪う」

優しく、囁いてくれる。

「きみは、運悪くそんな化け物に目をつけられただけ——きみは何も悪くない。だから安心して、前向きな感情を守りとおして」

必死に。

「きみは、桜に——佐保姫さまに愛されるほどに、あったかいひとです。ずっと、見ていたからわかります。きみの周りにはいつも、笑顔が、喜びが、幸福がありました。羨《うらや》ましくなるぐらいに、こころよいひとです」

「ちがう」

心のなかに、しこりが生まれる。それは、俺のなかに巣くっている冷たいものが、最後の抵抗として俺のなかの暗い部分を刺激したのか。それとも最初から、俺はこんなふうな鬱屈《うっくつ》した感情をひそませていたのか。

「俺は、酷いやつだ。そんなふうに褒《ほ》められるような、善人じゃない」

言ってしまった。

「おまえを傷つけたのに、それを忘れていた。呑気《のんき》に、罪を償《つぐな》うこともせずに、のうのうと生きていた。ありすは、いちばんの友達だったのに」

「とも、だち……」

ありすが、すこし哀しそうに項垂《うなだ》れた。

けれど、それを覆い隠すように胸を張ると、真摯に語る。

「いいえ、友達だから、気にしません。何をされても、笑ってゆるしますよ。だから、後悔なんてしないで、謝らないで——春ちゃん。わたしのことなんていい。きみは、あったかい世界で生きていくべきです」

くちびるを結んで、しばし痛みを堪えるようにしてから、彼女は叫んだ。

「わたしは、見てるだけでいい、きみの幸せを。だから、きみがあったかい生活を取り戻せるなら、わたしはもういちど忘れられたっていい！」

また傷つけている。

俺は、痛いほどにそれを理解する。

同時に、見てしまった。

珍しくおおきな声をだし、形振《なりふ》り構わずに表情をくしゃくしゃにしている、ありすの——激しく動いてずれた巫女服のした、鎖骨のあたり。おおきな、見間違えるわけがない、白く浮きあがった疵痕《きずあと》があった。

それは、俺が残した痛みの名残《なごり》だ。

彼女は、まだ抱えていたのに。

俺は忘れていたんだ。

血まみれの彼女、ありすを置き去りにしたまま、あったかい世界でのうのうと——。

「いけません、春ちゃん！　冷たい感情に支配されちゃあ……！」

瞬間だった。

ありすの悲鳴と同時に、彼女の祝詞とお祓いに身をよじっていた、俺のなかの冷気が——ずるりと、内臓を引っこ抜くような醜悪《しゅうあく》な感触とともに飛びだした。ありすの祈りによってあっためられた俺の身体から、逃げ場所を求めてのたうちまわり……。

すぐ間近にいた、お祓いに集中し、無防備になっていたありすに潜《もぐ》りこんだ。

俺には、それが見えた気がした。

「…………!?」

ありすは目を見開き、おおきく仰《の》け反《ぞ》って、後ろ向きに倒れる。それが、やけにスローモーションで見えた。板張りの床に、彼女の細い身体が打ちつけられる、乾いた音が響いた。俺は動けなかった。最後まで、役立たずに寝そべっているだけだった。

この儀式には、繊細《せんさい》なバランスが必要だったのだろう。なのに、俺は疑いと後悔に、冷たい感情に押し負かされて、ありすの祈りを遮《さえぎ》った。

結果がこれだ。

俺たちは、失敗した。

一章　つぼみ

1

猛烈に体力が失われ、また意識が飛んでいた。

夢を見ている。

ありすとの思い出だ。

第一印象は、たぶんお互い最悪だっただろう——俺は禁じられた土地にのうのうと踏みこみ、彼女は問答無用で火の玉（？）を投げつけてきた。

だけど、それは比較的のんびり生きてきた俺にとって、とても刺激的な体験だったのだ。

子供だった——向こう見ずで、俺は冒険に飢《う》えていた。

何度も、足繁《あししげ》く神社に通った。

あの真冬のような、深い積雪のなかアマリリスが咲き乱れる不気味な異界に辿《たど》りついたことは、そう何度もなかったけれど——。ありすは俺を目のかたきにして、神社に踏みこもうとするのをしつこく妨害してきた。

落とし穴などのトラップや、箒《ほうき》で殴ってくるなどの直接攻撃、子供とは思えないほど豊富な語彙《ごい》での罵倒《ばとう》——まるで彼女は可愛いモンスターみたいで、俺はけっこう、その交流を楽しんではいた。

次第に、そんな毎日が当たり前になって。

たっぷり取っ組み合いをしたあと、疲れ果てて狛犬《こまいぬ》の置かれた台座に背中を預け、ふたりで俺がもってきたアイスバーをかじりながら。

無邪気に、俺は彼女に話しかけた。

俺の日常にはこれまでいなかった、不思議で、興味深いこの巫女服の女の子に。

「おまえさぁ——」

物珍しそうに、アイスを子犬みたいに舐《な》めている彼女の顔を覗きこみ。

「何て名前なの？」

それすら聞いてなかったのに、もう何十回戦かもわからぬ攻防を終えたあとだった。

「なぜ、侵入者にわたしの名前を教えなくてはいけないのですか。あの禁域に踏みこんだものは問答無用で排除するのが、天裏《あまり》の巫女《みこ》であるわたしの——」

「あはは」

俺はわりと失礼なやつだった。

「おとなみたいに喋《しゃべ》るんだなぁ、おまえ」

「だって、わたし……」

「難しいことはいいから、遊ぼうよ、子供なんだから。おまえ、いつもしかめっ面でさ、そんなんで楽しい？　俺、いろいろ教えてやるよ！」

アイスバーを素早く完食した彼女の手をとって、立ちあがり、にっこり笑った。戸惑う彼女の手のひらはちいさくて、まるで雪の結晶みたいだった。

「野球とか相撲とか、知らないだろおまえ、友達いなさそうだし」

「し、失礼な。相撲は、知ってますけど——きゃあっ⁉」

巫女服の裾《すそ》をまくってやると、彼女はものすごく真っ赤になった。

「ななな何すんですかーっ⁉」

「だから、しかめっ面すんなって。こっちこいよ、サッカーボール持ってきたんだ。あと水鉄砲と——」

「うーっ」

彼女は必死に乱れた巫女服をきちんと着直すと、また箒を握りしめて俺を追いかけ始めて、その日も鬼ごっこをするはめになったけど。

そんな日々を、すこしずつ積み重ねて。

毎日のように神社に通い、ふたりで風船を膨《ふく》らませたり、しゃぼん玉をつくったり、たまに頭をぶん殴られたりする、カートゥーンみたいなドタバタな日々を……。

でも、いくら子供は風の子といえども、調子のでないときはある。俺は一週間かそこら、インフルエンザで倒れて、神社へ行けなくなったことがある。

やがて完治し、俺は何食わぬ顔で神社の石段をあがると、狛犬の台座に腰かけ——寂しそうにぽつんと座っている彼女を見つけたのだ。

「おっす」

声をかけると、彼女は驚いたようにこちらを見て。

一瞬、泣きだしそうにくしゃくしゃの顔をすると——。

「………」

ぷいっ、と視線を逸《そ》らしたのだ。

「も、もうこないかと思いました」

「何で？　いや、ちょっと病気だったみたいでさあ——寝込んでたんだよ、そんなことより野球しようぜ！　父ちゃんがグローブ買ってくれたんだ！」

「きみって——」

彼女は何か言いかけたけれど、やがて溜息《ためいき》をつくと。

「もう、いいです」

「何だよ、今日はおとなしいな。ってか、やっぱりここで遊んじゃだめなのか？」

「そう何度も言ってるはずですけどね――べつに、その、きちゃだめってことは……馬鹿！」

「おまえが怒るタイミングがわからん」

その日はやけに彼女が優しくて、遊び回ったあと、神社の建物のひとつにとおされた。

和式で、風通しがよかった。板張りの廊下に手をついて、疲れ果ててごろ寝していると、彼女が冷たい麦茶とお茶菓子ののったお盆とともに現れた。

「どうぞ」

「お、さんきゅ」

疑いもせずにムシャムシャと、俺はお菓子を口に頬張った。それを、呆《あき》れたように眺めて――彼女は、姿勢よく座ったまま。

「きみ、名前は何ていうんですか？」

「俺？　俺は桜木春彦《さくらぎはるひこ》だ、春って呼んでくれ！」

「はる、春……ちゃん」

「『ちゃん』づけはやめろよ――おまえは何つうの？」

「あり、す……です、けど」

「アリス？　外国人みたいな名前だな？」

「父が外国の作家です――ていうか、慣れ慣れしいですよ。わたしのほうが年上なんですから、『ありすさん』と呼びなさい。『お姉さん』でもよろしい」

「え～」

「んもう……あっ、そこ見せてください」

暑くて、ぱたぱたと胸元を手のひらであおいでいた俺に、ありすがそっと顔を近づける。

そこには、彼女がたまに放つ不自然な火の玉（？）によってできた、ちいさな火傷《やけど》があった。たいしたものじゃない、ひどい日焼けみたいな代物《しろもの》だったのだけど。

「すみません、やりすぎでしたね。これまで、わたしは――」

ありすは悄然《しょうぜん》として、やっぱり冷たい指先で俺の胸元を撫でると。

「きみは、ただの子供……。何もわからない、愚《おろ》かですらない、子供。そんなきみを、傷つけてしまった。戒《いまし》めを遵守《じゅんしゅ》することだけに腐心《ふしん》して、かたくなに。わたしこそ、愚かでした――ごめんなさいね」

つぶやくと、火傷のあとに、ちゅ、とくちびるを寄せた。

冷気が吹きこんでくる。

雪女の死の接吻《せっぷん》のように。

「つめたっ⁉」

びびって飛び退《の》き、俺は同時に気づいた。

火傷のあとが消えてなくなっている。

「おお!? ど、どうやったんだ今の！　おまえ、すげぇなっ？」

鈍く残っていた痛みもかき消えていて、解放感から俺は笑った。

ありすは、恐れるように。

「き、気持ち悪くはないですか――こういうの。所詮《しょせん》、他者のちからを借り受けているだけですし。ふ、普通ではないですよね……」

「何で？　すげぇじゃん、俺もそういう超能力みたいなの欲しいなぁ！　それ、修行とかしたらできるのか？」

「は、春ちゃん、こういうちから――欲しいの？」

ありすは、なぜか耳まで真っ赤になって。

「これは、わたしの血族に受け継がれたちから――だから、家族なら、あるいは……。わ、わたしと家族になりたいんですか？」

俺はただ漫画みたいな彼女の超常的なちからに、純粋に感心しただけなのだけど。

ありすは、それがすごく嬉しかったみたいだ。

「ありがとう、春ちゃん」

彼女は涙ぐんで。

「忌《い》まわしいちからだと思ってました。他人との関わりを断ってしまう――遠ざけてしまうちからだと。でも、きみは何度追い払ってもかたくななわたしに歩み寄ってくれた。きみが望むなら、何だってしてあげたい。わたしを見つけてくれたきみになら……」

「じゃ、お代わり」

麦茶のコップを差しだすと、ありすは受けとって、しごく真面目に。

「畏《かしこ》まりました」

つぶやくと、足音も軽く麦茶を注ぎに行ってくれた。

その日から、彼女が攻撃してくることはなくなった。ごく普通に、遊ぶようになった。

ふたり、そのころから流行し始めていた携帯ゲーム機を、妹のぶんを勝手に持ってきて（あとで死ぬほど怒られた）ふたりでピコピコやったり。

でも身体を動かすほうがやっぱり好きで、フリスビーを投げあったり、木登りしたり、虫取りしたり、隠れん坊したり……。疲れたら、猫の子供みたいに手を繋《つな》ぎ、抱きあうようにして眠った。幸せな日々だった。

境内で。本堂で。石段で。木立の間で。

ときどき、あの真っ白な世界で。

俺たちは笑いあい、手をとりあって、たいせつな毎日を駆け抜けていった。

彼女がそばにいることが、当たり前になって。

お姉さんぶろうとして、そのくせ何も知らない彼女に、いろんなことを教えたりするのがすごく楽しくて。会話してるだけで、時間を忘れてしまった。

かけがえのない、日々だったのに。

「春彦」

ある日、家に帰ると桃子《もも こ》が待ちかまえていた。

彼女はむかしっから俺たち兄妹とよく遊ぶ、いちばんの友達で、幼なじみだった。両親が仲良しで、どちらかが多忙なときはともに暮らすこともある、家族みたいなものだ。

だから、彼女が家にいることそのものは不思議ではなかったけど。

桃子は可愛らしくまなじりを吊りあげ、腰に手を当ててお叱りモード。

「あんた、咲耶《さくや》ちゃんの携帯ゲームとったんだって？　泣いてたじゃん、謝りなよ！」

「べ、べつにとってねぇよ。ちゃんと返したし。あと、たぶん嘘《うそ》泣きだと思う」

「ハル、あたしのセーブデータ勝手に消したもん！」

二階の扉が開き、顔をだしたちいさな妹がそれだけ叫んでまた部屋に戻った。基本、出不精なやつである。

「ほら、怒ってんじゃん」

桃子はたいへん満足そうに頷《うなず》くと、俺のおでこに指をつきつけてくる。

「あんたね〜、おじさんとおばさん不在のことがおおいんだから、咲耶ちゃんのお世話すんのがあんたの役目でしょ。いじめてどうすんのよ、お兄ちゃんなんでしょ？」

「い、いじめてないってば──」

むかしから、この幼なじみに頭ごなしに怒られて抗弁《こうべん》できたためしがない。基本的に真っ直ぐなやつだから、たいてい正論なのだ。勘違いもおおいけど。

「だいたい、最近いつもどこ行ってんのよ？　咲耶ちゃんほっぽりだして、最近ちっとも家にいないし──あ、あたしはべつにいいんだけど！　あんたがどこで何しようと！　でも咲耶ちゃんが……」

「あぁもう、うるせぇな」

俺は面倒くさくなってきて──それに幼かったから、一方的に小言《こごと》を垂《た》れられて不機嫌にもなる。

「俺がどこで何しようと、桃子には関係ねぇだろ」

「か、関係あるわよ。おじさんとおばさんに、あんたたちのこと頼まれてるんだから」

「べつに心配されるようなことはしてないって、ちょっと友達のとこ行ってるだけだし」

俺にとって、ありすはそんな存在になっていた。

「ともだちぃ？」

桃子はすこし安心したように、でも警戒の残った表情で。

「どんな友達よ、悪い友達じゃないでしょうね？」

「べつに、ありすって女の子だけど――もういいだろ、俺疲れてんだけど」

「お、おんなのこ？」

桃子はなぜか過剰反応した。

「何よそれ、聞いてないわよ！　何であんたが女の子と……毎日、遊んで！　いやらしい！」

「いやらしいって何だよ。だいたい俺は、何でもかんでもおまえに報告しなきゃいけないのか？」

「そ、その子に会わせて」

桃子が顔を近づけてくる。やや怖い。

「紹介してよ、あたしは春彦の家族みたいなもんなんだから――だから、その権利があるでしょ。お友達、どんな子だか確認する義務もあるわ。そうよ、おじさんとおばさんに頼まれてるんだから……」

いつもの台詞《せりふ》を口にすると、何だか泣きそうな顔で。

「だいたい、春彦っていつも鈍感だし無神経だし、女の子の相手なんてできるわけないじゃない。あたしぐらいよ、あんたに付きあってられるのは。だから、えっと――あんたがその子を傷つけてないかどうか、見てあげる。あたし、春彦の保護者だもの」

「え～……」

「何よ、これは決定事項だからね！　女の子って繊細《せんさい》なんだから——そのへん理解してない春彦に、異性との正しい交流の仕方を教えてあげるって言ってんのよ！」

「繊細かなぁ——ありすは、俺を箒で殴ってくるようなやつなんだけど」

ぼやきつつも、俺は後先のことを考えずに。

ただ、目の前の桃子の小言から逃れたい一心で。

「べつに、いいけど」

たぶん、選択肢を間違えた。

否、ここでちがう返答をしても、心配性の桃子は俺のあとをつけるなりして——いつか、ありすと出会っていたかもしれないけど。

「紹介してやるよ。ってか、おまえも遊ぼうぜ。みんな一緒のほうが楽しいしな！」

そう確約すると、その日は疲れていたので、部屋に戻ってすぐに寝た。

そして翌日。

やる気満々な顔をしている桃子とつれだって、天裏神宮へ。

いつもの石段を、なぜか何か思いつめたような桃子の手をとって、のぼった。何だか、最初から空気がおかしかったのを肌で感じていた。

寒い。

皮膚が、ひりひりと冷気で炙《あぶ》られているような。

真夏だったのに。

「春彦……」

桃子が白い息を吐き、ふらついて、口元を押さえる。俺は彼女を支え、神社の境内に入った。

おおきな神社だ。観光シーズンでなくても、そこそこ人気はあるのに——今日は誰もいない。どころか、薄ぼんやりと白い霧がかかっているようで、この世ならざる場所に迷いこんだみたいだ。

ありすを探して、しばし迷う。どこにもおらず、顔色の悪い桃子の手をひいて、俺は木立の間に分け入った。

子供以外は気づきにくい、獣道《けものみち》のようなその小径《こみち》。やがて、いつものように景色にノイズが混じり、気がつくと不可思議な空間に切り替わっている。

真っ黒な地平線。積もったぼた雪。不気味な光沢のあるアマリリス……。

その真ん中に、ありすがいた。

いつもの巫女服で、表情は冷然とし、こちらをじっと見据えている。

「ううう……」

桃子が、ついに限界がきたというように、よろめいて俺に完全に体重を預ける。意識が曖昧《あいまい》なようで、ひどく寒そうだ。

俺は不安になって、幼なじみを抱きよせると、ありすに向きあった。

ありすは、とても寂しそうだった。

「その女の子には、きみとちがって霊的な感受性がない——あるいは、怪異を避けるちからが並外れて高いようですね。この異界に適合できず、苦しんでいる。早く去ったほうがよいでしょう」

淡々《たんたん》と、初めて会ったころと同じ無表情で、彼女はつぶやいた。

俺は、立ち尽くしてしまう。

「ありす……」

はじめて、俺はこの異様な状況に怖気《おぞけ》を感じた。

これは何だ？　何が起きている？　ありすは何者なんだ？

遅すぎる疑問。でも彼女との交流が楽しくて幸せで——置き去りにしていた、本来、いちばん最初に解決すべき謎だった。

でもそれを追及してしまうと、すべてが終わることを、俺は何となく理解していた。

「おまえが、何かしたのか……？」

桃子を抱きよせたが、ありすは無言のまま。

吹雪が強まり、俺は苛立って叫んだ。

「何とか言えよ！」

　ありすは、友達だ。でも桃子は、家族だ。いっしょにいると楽しい、だけでは済ませられない関係だ。傷つけられていたら、俺が桃子を守る。父や母、桃子のおじさんとおばさんに言われたからじゃない——同じことを、桃子が俺にしてくれたからだ。

　ずっと守ってくれていた。

　だから、俺もそれを返す。

　絆で、それが当然だ。そして今——ありすはそんな『俺たち』を傷つける、恐ろしい怪異そのものだった。

　視界が曖昧になるほど、猛烈な雪の嵐のなか。

「春ちゃん、帰って」

　ありすのか細い声が、こちらに届く。

「もう二度と、ここにきてはいけません」

「な、何でだよ」

　俺は何もかもわからなくて、理不尽《りふじん》な気がして、怒鳴った。

「俺、俺はなぁ、幼なじみを——おまえに、友達に紹介しようって、それだけで。みんなで遊べたら楽しいなって、なのにおまえ、何でこんなことするんだよ！」

「そう、友達でした」

　ありすは独り言のように。

「だから、こんな気持ちを抱くのは筋違いです。わたしが、勝手に思いあがっていただけです。いけないのは、罪深いのは――わたしです。春ちゃんは何も悪くない。わたしのこんな冷たくて醜い気持ちに、この吹雪に、巻きこまれてはいけません」

彼女の頬に、透明な涙が伝った。

「わたしは、天裏の巫女。冬の巫女――『ブル・フル』の受け皿。あったかい気持ちになんて、触れてはいけなかったんです。楽しかった、幸せでした。でも、お終いにしなくちゃ」

ぎこちない、笑みを浮かべると。

「きみは、あったかい世界で生きるべきひとだから」

すぐにそれを消して、滂沱《ぼうだ》と涙を溢《あふ》れさせると。

「だから、さよなら」

「何だよそれ、わけわかんねぇよ――ちゃんと説明しろよ、ありす！」

「きちゃだめ！」

歩み寄ろうとすると、吹雪が強まった。ありすの感情の動きに連動している気がした。意味がわからないが、怪奇現象には彼女との交流で慣れている。俺はぐったりした桃子を背負ったまま、ありすの胸ぐらを掴んでやりたくて、踏みだす。

ありすは後ずさる。明確に怯《おび》えていた。

俺にというより、たぶん、俺を傷つけることに。

「早く帰って、早く！　そう、最初からもっと強く追い払っていれば——何であのとき戻ってきたんですか、一緒に遊ぼうなんて言ったんですか、わたしを友達なんて……！」

「うるせぇ、ちゃんと説明しろよ！」

俺は叫んだ。

「ひとりで抱えこむなよ、何か悩んでるなら相談しろよ。帰れとか言うなよ、ふざけんなよ——友達だろ！」

その言葉に、ありすは酷く傷ついたように項垂《うなだ》れた。

そして、ちいさくくちびるを結ぶと。

「ありがとう」

それは別れの言葉だった。

「その言葉をありがとう。それだけで、わたしは生きていける——さよなら、さよなら、さよなら。大好きだった、春ちゃん。わたしの、いちばんの友達」

そして、出会ってから初めて、ごく自然に微笑んだ。

それは、冷たく乾いた笑顔だったけど。

「たったひとりの、ともだち……」

瞬間だった。

絶叫があがり、吹雪が渦《うず》巻き、俺は吹っ飛んだ。ありすは悲鳴をあげ、その肩口から腰のあたりにかけて、皮膚が隆起し、めくれあがる。巫女服の上からでも、それがはっきりとわかった。

ありすが蹲《うずくま》り、ひときわ声高く叫んで、同時にその胸元に――。

ぱっ、と鮮血の花が咲いた。

何が起きたのか、わからなかった。

彼女が必死に抑えこんでいたものが、破裂した。そう見えた。限界まで膨らんだ水風船みたいに、何かが決壊した。やがて吹雪がゆるやかになり、腰を抜かしていた俺は、すぐそばに転がっていた桃子を抱きよせて――。

恐る恐る、顔をあげた。

見えたのは、悪夢のような光景。

一面の雪のなか。

ちらほらと咲いた、アマリリスの真ん中に。

まるで祭壇に捧げられた供物《くもつ》みたいに、ありすが倒れている。背中を奇妙な石づくりの樹木に預け、白い巫女服を血で染めて……。

死んでいるように見えた。

「う、うあっ――」

だから怖くて、幼かった俺は逃げた。この異様な状況を、すべて夢にしてしまいたかった。桃子も心配だったが、それは言い訳だった。恐ろしかったのだ、理解できないこの出来事が。だから、怯えた犬のように逃げたのだ。

無事に桃子を自宅まで運び、彼女は高熱をだしてしばし苦しみ――。

俺はその間に、再び天裏神宮を訪れたが。

二度と、あの奇妙な異界へ迷いこむことはなく、あの場所へとつづく小径も消え失せていて――不思議な、巫女服の少女と出会うことも二度となかった。

何もかもが、夢だった気がして。

歳をとるごとに、学校の教科書の内容が、家族との他愛ない会話が、日々の生活が、あの短かったとうとい時間を塗り潰して――。

ずっと、ありすのことを忘れていたのだ。

俺を『たったひとりの友達』と呼んでくれた、哀しそうな顔をした彼女のことを。

そして再び、傷つけた。

2

夢から醒《さ》める。

胸に堆積《たいせき》しているのは、重たい罪悪感。

俺は、傷つけた彼女のために、いったい何ができるのだろう。

「……？」

目を開くと、見覚えのない天井だった。広い畳敷きの、旅館みたいな部屋で、丁寧に敷かれた布団に俺は寝かされていた。一瞬、すべてが夢だったように錯覚するが、だとしたらここはどこだ。

「うん？」

違和感をおぼえる。

布団が、こんもりと膨らんでいる。おまけに、右腕のあたりに誰かの体温と、抱きしめられている感触。まさか、と思ってなかを覗きこんでみると。

「むにゃむにゃ……えへへ、春彦ってあったかい……」

白兎《はくと》でした。

蹴り飛ばした。

「うおっ、いきなり何しやがる⁉」

機敏な動きで立ちあがった白兎に、俺は上体を起こしてぼやいた。

「こっちの台詞だ、ってか何でおまえが一緒に寝てやがる。返答次第では俺のなかでのおまえの扱いを『親友』から『ウジ虫』に降格する」

「落ちつけ春彦。俺だってどうせ添い寝するなら二次元の美少女がいいわ！」

「二次元の住民には体温がないぞ」

「馬鹿だな春彦……。抱き枕だって、漫画だってエロゲだって、抱きしめて眠っているうちに体温がうつって、ほんのりあったかくなるんだぜ……？」

「白兎はいつも人生楽しそうだな」

「フッ」

べつに褒《ほ》めてないのだけど、なぜか得意げな白兎だった。

アホに付きあってる余裕はなく、周りを見回して当惑する。

「えっと――」

「あぁ、状況を説明しとくとな」

白兎が今さら、ついでのように。

「ここは天裏神宮の、まぁ居住スペースっていうか、俺たちの生活してる建物だ。観光客が迷いこんでこないように、神社の本殿のさらに奥、目立たない場所にある」

「あぁ――」

頭を掻《か》き、何だか気怠《けだる》さをおぼえながらも頷いた。

子供のころのありすとは神社の外でしか遊んだことがなかったから、知らなかったけど。

そりゃあ、神社のひととかの暮らす場所もあるよな。こんなふうになってるのか。ほんと、旅館みたいな感じだなぁ。かなり立派だ。

同時に、ようやく頭が回り始めて、ぼんやりと思いだす。

俺は例の『お祓い』の最中——いろいろ限界にきて失神したのだ。たぶん。

そうなると……。

「ありすは？」

「安心しろ、無事だよ」

白兎は、溜息混じりにぼやいた。

「いまは、自分の部屋で寝てる。感謝しろよ。ふたり揃《そろ》ってぶっ倒れてるおまえらを、優しい俺がそのへんに放置されてた手押し車で運んで、介抱《かいほう》までしてやったんだぞ？」

白兎もあの冬のような世界について知ってるのかとか、手押し車はちゃんと学校に返したのかとか、いろいろ気になったけど。

「それは、ありがとな。でもおまえ、学校は？」

「こっちの台詞だよ、まったく。いきなり姉ちゃんに誘拐されやがって、小河が心配してたぞ？　姉ちゃんに電話したけど話通じないし——たぶん天裏神宮だろうと思ってダッシュで駆けつけたら、ふたり仲良く昏倒《こんとう》してるし」

独り言のように。

「だから、やめとけって言ったのにさ——姉ちゃんは未熟なうえ、私情まで挟みやがる。人間よりも上位の存在にぐらついた気持ちで挑んで、巧《うま》くいくわけがないだろうに」

「何を言ってるかわからんけど」

俺は、とりあえず安堵《あんど》した。

「ありすが無事なら、よかった」

「いや、残念だけど『無事』ってわけじゃないぞ——おまえもな。いちおう聞いとくけど、体調はどうだ？　苦しかったりしない？」

「ん、っと」

あらためて自分の身体を見下ろし、深呼吸などをしてみる。

あの痺《しび》れるような寒気は、なぜか消え失せているけど——その代わりに。

「何か、身体が火照《ほて》ってる感じなんだけど」

「やだ、俺が添い寝したら興奮しちゃったのね！　春彦の思春期……！」

「殺すぞ」

威嚇すると、白兎は俺をじろじろと観察して。

「ふぅん、そういうことか——そういや、おまえ桜の加護を……。うーん、どうすっかな。ずっと俺が添い寝してるわけにもいかないし、俺だと調節がきかないから熱を奪いすぎちゃうかもしれないし、そもそも男と一緒に寝るのはたいへん気持ち悪い……」

「どうした？」

「いや――」

白兎は肩をすくめて、思わせぶりに微笑した。

こいつ何か知ってるふうなんだけど、よくわからん。ふだんから中二病っぽい言動するからなぁ――どこまでが本気で、どこからが漫画やアニメからの引用なのかさっぱりだ。

「まぁ。詳しいことは姉ちゃんが起きてきてから、あらためて説明するよ」

「すまんな」

「いいって、ややこしくしたのは姉ちゃんだし――親友じゃん、困ったときはお互いさま。それに、俺にとっても他人事じゃないしな……」

また意味深なことを言いはじめたぞ、反応に困るからやめてほしい。

「ともあれ、時計見ろよ。おまえがぐうすか眠りこけてたおかげで、実はもう深夜だ」

白兎が促したほうには立派な柱時計があって、針は一時を指していた。部屋についている窓の外を見ると暗いし、真夜中なのだろう。

あの『お祓い』から、十時間以上は眠っていた計算になる。

「おまえん家には電話しといたし、色々あって疲れてるだろ――今日は泊まってけよ」

白兎はうちに何度か遊びにきたので、両親や妹とも面識がある。

こいつから連絡があったなら、心配もされてないかな。

「とりあえずは……」

白兎は遠くを見て、何やら悪巧みするようにニヤリと笑うと、何気ないふうに。

「寝汗かいてるだろ、まずは風呂にしろよ。うち、けっこうデカい露天風呂があるんだぜ？」

なぜか楽しげに、そう言った。

3

やっぱり旅館みたいだなあ。

広く森閑《しんかん》とした廊下を歩いている。春らしく気候はほどよいはずだが、身体の奥から熱がにじみだして、蒸し暑い感じだ。薄暗く、足下が覚束《おぼつか》なくて、何度か転びそうになった。

「広いな……」

とても一家族の生活の場とは思えない、たしょうの団体客ぐらいなら余裕で収容&お持てなしできそうな建物だ。そのくせ誰もいないから、寂しげな雰囲気。

「白兎のやろう、案内ぐらいしてくれてもいいのに」

迷子になりそうである。白兎は『食事の準備しとくから』とか言ってさっさとどっか行ってしまい、俺は教えられたとおりにどうにか風呂へと向かっている。

「こっちだっけ……」

白兎に借りた着替えを抱え、制服姿のまま、俺は歩く。

「あっちぃ」

ネクタイをゆるめ、ボタンもいくつか外した。手のひらで胸元に風を送るが、ちっとも涼しくならない。風呂っていうより水浴びでもしたい気分だ。

気持ちを逸らしたくて、窓から外を眺めると。

ちょうど、あの神々《こうごう》しくも不可思議な純白の桜が——優雅に咲き誇っていた。

そういや、桜の加護がどうこうとか、ありすも白兎も言ってたけど……。どういうことだろ。俺があれに触った途端に開花したのと関係あるんだろうか、わからん——。

「お、ここか」

益体《やくたい》もないことを考えてるうちに、それっぽい場所に辿りついた。

うっすらと、湯気が扉の隙間から零《こぼ》れている。

『風呂』と示しているのか、温泉の記号もついてるし、間違いないだろ。ちょっと楽しみだな、風呂は好きだし。自宅のはそんなに広くないから、足を伸ばして入浴できるだけで嬉しいのだ。

引き戸に手をかけて、開いた。

ありすがいた。

「…………」「…………」

より正確に表現すると。

全裸の、ありすがいた。

出会ったころ、子供のころとは比べものにもならない、女性らしい身体つき。柔らかそうで、胸元もお尻も匂いたつほど色っぽい。白い肌はお湯のつぶを弾いて輝くようで、いつも結わえている髪の毛はゆるやかに解き放たれている。

背景は、豪華な露天風呂だ。

脱衣所のたぐいはないようで、岩のうえに彼女の脱いだものらしい巫女服がきちんと畳んで置かれている。

一糸《いっし》もまとわぬ彼女は、お湯のなかからあがった直後、身体を拭いて着替えようとしている最中だったようだ。バスタオルを片手に、呆然《ぼうぜん》として、突っ立っている。

「何、で、春ちゃ――」

ありすはいつもの無表情を崩して、真っ赤になると。

「ふあっ、うぁあっ――あぁあああん！」

ほとんど泣き声をあげながら、シャンプーボトルだの風呂桶《おけ》だのを投げつけてきた。

「ち、ちがっ、見るつもりは……！」

まさか、この風呂、混浴っていうか――男女の区別がないのだろうか。旅館っぽいがいちおう個人宅だし、順番さえ守れば男女が鉢合《はちあ》わせすることはないだろうしなぁ。風呂を、男女でわける意味がない。

もちろん、来客である俺はそんなん知るわけがないのだが。白兎がにやついてたのも、ありすと鉢合わせしてこうなることを予期していたからか。あの野郎、あとで簀巻《すま》きにしてやる。

「ご、ごめん――すぐに出るからっ、……うおっ⁉」

ただでさえ、身体が火照って怠《だる》かった俺は、慌てたせいでうまく足を動かせず――ぐるんと引っくりかえった。強《したた》かに頭を打つ。

「痛ぅうう……⁉」

気絶はしなかったが、悶《もだ》えることになった。

どうして俺がこんな酷い目に……。

「は、春ちゃん？」

ぎょっとして、ありすが手を伸ばしてくる。

「だだだ、大丈夫ですか⁉　うわぁあん、春ちゃーんっ⁉」

「へ、へいきだから、肌を隠してください」

思わず敬語である。

でも彼女は慌てていて羞恥心《しゅうちしん》を忘れているのか、俺のぶつけた頭部に手を添えると、必死に。

「たんこぶできてますよ、冷やさないと……」

瞬間だった。

しっとりと、彼女が触れたところから、心地よい冷気が伝わってくる。繊細な、その指先の感触。同時に、俺の身体に宿った不気味な熱も、わずかに和《やわ》らいで——。

これは……？

「ふぅん、やっぱりな」

いつの間にか、白兎が引き戸の向こう、廊下に立っていた。

俺は起きあがると、怒鳴る。

「てめぇ、白兎！　ありすが風呂場にいること知ってただろ——どういうつもりだコラ⁉」

「まぁまぁ、落ちつけって。俺も悪気があったわけじゃないし。むしろ状況がはっきりしたうえ——もしかしたら、おまえらの抱えてる問題を解決する方法を見いだせたかもしれないぜ？」

「……………？」

また意味のわからんことを言いはじめた白兎に、俺は当惑するしかなかった。

「わわっ……」

ようやく羞恥心を思いだしたのか、ありすが赤面したままタオルでそっと肌を隠した。

4

飯を食べている。

やはり旅館みたいな、広々とした食事スペースだ。畳敷きで、並べられた足の低い長机には季節感のある手のこんだ料理が並んでいる。何だかやたら腹が減っていたので、俺はガツガツと食べた。

「おぉ、美味い」

俺はたまに自分で料理をするので（よく海外出張する両親が不在のときなど、妹に餌《えさ》をやらねばならんので）、やや感心する。

俺の正面に座っている白兎とありすが。

「フッ、そんなに褒められると照れるな――」

「なぜあなたが誇らしげなのですか。理解できません。その珍しい赤い眼球を抉《えぐ》りだしてネットオークションで売買しますよ」

また怖い発言をしているありすは、もういつもの彼女のようだった。俺は先ほど見てしまったそのはだかを思いだしそうで、視線を向けるのも照れくさいが――。

正直、彼女は俺にとって『むかしの友達』で、あのころは性差なんか意識してなかったけど、いまのありすはどこまでも『女の子』だ――それも、とびっきりの美人である。

「何ですか？」

じろりと睨《にら》まれたので、俺は頭を切りかえることにする。

浮ついている場合ではない。

「えぇっとな――」

俺はまた以前のように、何もかも理解できないまま失敗するだけ、というのは嫌だ。疑問を先延ばしにはしない、俺に何ができるかはわからないけど。

「とりあえず、いま何が起きてるのか説明しろ」

朝から怪奇現象のオンパレードで、正直こっちは頭が破裂しそうなんだ。

「まぁまぁ、その前に」

白兎がむしろ、楽しそうな表情で。

「春彦、おまえこっちにこい。姉ちゃんの横に座れ」

「あ？」

よくわからんが、とりあえず言うとおりにしてみる。移動し、ありすの横に座った。近くから見ると、むかしは俺より背が高かった彼女がやけにちいさくて――。

「で、姉ちゃんはもうちょい春彦に密着してみ」

感傷にふける暇もない。白兎が横からありすを押し、俺にくっつけようとする。

「何ですかもう……」

マイペースに食事をしていたありすは、不満そうに俺と肩を触れあわせる。こちらを見あげた彼女と、目と目があう。何だか恥ずかしい、ありすも俯《うつむ》いてしまう。

ふたり並んで、ひな人形のようにおとなしく座っていると——。

「どうだ？　ちょっとは楽だろ？」

「あれ？」

白兎に言われたとおり、ずっと火照っていた身体がひんやりして、心地がよかった。

ありすから冷気が流れこんでくるようだ。真夏にエアコンのきいた部屋に入るみたいで、かなり涼しい——でも、何だこれ？

「ふむ、成る程……」

ありすが興味深そうに、俺の胸元に指を添え、確かめるようになぞった。

冷たさがそのあたりを這《は》い回り、俺はぞくっとする。

「おい、おまえらだけで納得すんな。どういうことだ？」

「仕方ありませんね、無知な春彦を嚮導《きょうどう》してあげましょう」

座り直し、やや腹の立つことを言いながら、ありすが語り始める。

「この国は元来、敷島《しきしま》と呼ばれ——それは四季島、四季のある島という意です」

さすが巫女さん（本職かは知らんが）、語り口は流暢《りゅうちょう》だ。

「四季を変化させているのは、人々のおおきな感情の変化――冬から春へと至る変化は、とくに、あったかい気持ちを原動力としています。喜び、嬉しさ、幸福……全国から集められたそんな感情はいちどこの町にある桜――佐保姫《さほひめ》さまのもとに、集められます」

「そんな話、聞いたことないけど」

「それは春彦が不勉強なのでしょう。とはいえ神職にのみ伝承されているただの言い伝えです、科学的に確かめられたことではありません。信じるか信じないかは、きみの自由」

ありすは淡々としている。

「とまれ、佐保姫さまは集めた春らしい感情を、季節を移り変わらせるために必要な規定値に至るまで増幅します。特定の誰か――人間に一時的に春のちからを貸与し、その周囲に幸せな出来事をたくさん発生させることで豊富な感情を誘発させ、それを得るのです」

ありすが言っていた桜の加護だの、祝福だのというのは、それだろうか。

「そう、今年――選ばれたのは春彦、きみですね。周りのみんなが浮かれたり、きみに好意を向けたりしたでしょう、それが桜の祝福です。本来、これはとても名誉で、幸運なことです。宝くじに当たるようなものです、だって神さまに愛されたってことですから」

正直、それなら宝くじに当たりたかったけど。

「桜の祝福も、ちょっとラッキーなことがある程度で、人々や世界を歪《ゆが》めるほどではありません。無事に季節が移り変われば、ちゃんと元通りになりますし」

ありすは、何だか悔しそうに。

「ですが、今回は例外です。春の祝福は、あったかい感情の宝庫――冷たい異界『ブル・フル』の住民にとって、喉から手がでるほど欲しい資源であり餌なのです」

「その、ぶるふる？　ってのは何だ？」

「古来より確認され、この天裏神宮が監視し管理してきた異界です」

ありすは滑《なめ》らかな語調で。

「この宇宙ではありえない、熱力学的にマイナスの性質をもった高次元生物たちが暮らす冷たい異界――おそらく、かつてエントロピーの限界に達した古代文明あるいは超宇宙文明が開発した免疫機能、つまりはマクスウェルの悪魔たちが何らかの予測できない理由によって鉱物内部に折りたたまれた小世界に……」

「すまん。もうちょい、わかりやすく」

「あったかいものが大好きな異界の怪物です～、これで満足ですか？」

ありすが不承不承《ふしょうぶしょう》、くちびるを尖《とが》らせてそう言った。説明したかったらしいが、難しい単語を並べられてもわからんから。

「『ブル・フル』の住民は能動的に活動する生物ではありません。ふだんは鉱物の内部で無限の眠りについていています――我々、天裏神宮が管理するのもさほど難しくはないんです。けれど……」

ちらり、と彼女はなぜか白兎のほうを見て。

「諸事情あり、現在の天裏神宮は処理能力のたいはんが機能していません。そんな我々の監視の隙をつき、『ブル・フル』の住民が佐保姫さまのあったかいちからを求めて——こっちの世界にやってきてしまったのです」

歯噛みして。

「佐保姫さま＝桜の本体は神さまですから、強大すぎて手出しはできません——よって、桜に祝福されたきみに取り憑《つ》き、効率的にあったかいちからを得るつもりなのです」

深々と、ありすは俺に向かって頭をさげた。

心底、悔やむように。

「すみません、わたしの落ち度です。天裏の巫女、失格です」

「え、いや——そんな、気にすんなよ」

「そうですか」

思わず言うと、ありすは無表情のまま顔をあげて食事に戻った。あ、もうちょっと頭をさげさせておけばよかった。

「『ブル・フル』の住民には姿かたちがありません。高次元生物——いわゆる精神生命体なんです。彼らはこちらの世界で活動するため、他の生物の体内に潜りこみます。きみが今朝、襲われた寒気は、冷たい『ブル・フル』住民に取り憑かれたのが原因です」

あの、身体の奥から凍りつくような感覚の正体がそれか。

でも、今それは消えている。むしろ――ありすがそばにいる今はましだけど、それまでは風邪をひいたみたいに全身が火照っていた。

「わたしは、きみの身体から『ブル・フル』の住民を追いだそうとしました。代々、彼らを管理する天裏の巫女には、そのノウハウがありましたから――けれど、失敗しました」

ありすは申し訳なさそうだが、たぶん失敗したのは俺のせいだ。

あのとき、俺はわけもなく怒り、恐れ、哀しみ、マイナスの感情を抱いていた。おそらく――『ブル・フル』の住民がちからを得るために、俺のなかの冷たい感情を誘発したのだろう。

ちからを増した俺の内部の怪物は、ありすの干渉と化学反応を起こして、暴発した。

「結果、春彦の身体からは『ブル・フル』の住民を追いだせましたが――代わりに、彼らはわたしに取り憑いたようです」

つぶやいて、ありすが手のひらをコップに触れさせた。

瞬間、びきびき――と異音が響き、コップとその周りに不自然に霜《しも》が発生した。ひやりと、俺の頬を冷気が撫でる。

「わたしは天裏の巫女として訓練されていますから。このように彼らを管理し――寒気に蝕《むしば》まれないように対処ができます、すぐに命に関わることはありません」

すぐに、でなくても――いずれは、なのかもしれない。

あの寒気を体験した俺には実感できる、『ブル・フル』の住民は危険すぎる。体温を奪われるっていうのは、生命を奪われるってのと同じだ。まっすぐ死に向かう道程だ。

「ただし、彼らを祓おうとしたわたしは、どうも怨《うら》まれているようです。その怒りが収まるまでは――多大な労力を支払って、奪われつづける熱を守りとおさなくてはいけない」

恐ろしい事態だろうに、ありすは無表情のまま、その指先すら震えさせもしない。

「問題なのは、わたしよりもきみです――春彦」

おおきな両目でこちらを見据え、彼女は語る。

「どうやら、彼らは春彦から効率よくあったかい感情を得るため、きみの身体を改造したようです。佐保姫さまから流れこんでくる祝福を、増大させ、より大量に得られるように。それは、本来なら人間には耐えられないほどの、過度なエネルギーの奔流《ほんりゅう》です」

どんな幸福も、喜びも、過剰に与えられれば壊れてしまう。

砂糖を大量摂取《せっしゅ》するようなものなんだろう、たぶん。

俺は、何とか話についていこうとして情報を整理する。

順当に季節が巡り、春がやってくる。そのために、佐保姫さまは『あったかいちから』を集め、足りなければ俺のようなものを選んで『祝福』し、それを増幅しようとする。

そうしなければ、春がこない。

そういえば、今年は桜の開花も遅れていた。つまり春の到来が、遅れているのか。

その原因は、冷たい異界『ブル・フル』の住民。すべてを冷やす、高次元生物。その目的は、佐保姫さまが世界を春にするために集める『あったかいちから』、あったかい感情……。

「あったかい、どころではありません――春彦に無尽蔵《むじんぞう》に供給されるそれは、暴力的な熱量になるでしょう。その熱を摂取するはずだった『ブル・フル』の住民は、わたしの身体に移動していますしね。このままでは、春彦は際限なく熱せられて全身が沸騰《ふっとう》して死にます」

えぐいことを言われてしまった。

といっても、非現実的な話なので実感はなく――まだ恐怖感は薄いけど。洒落《しゃれ》にならない事態なのだろう。実際、身体の火照りは無視しようのない現実だ。

これが、だんだん酷くなり――やがて、俺は高熱に炙られて殺されるのか。

「安心してください、わたしが春彦を助けます――なんて、いちど失敗したのに言えたものではありませんが。信じてください、必ずきみを救う方法を見つけてみせますから」

ありすが真摯《しんし》に告げる横で、白兎が自信満々に言い放った。

「なぁに、安心しろ姉ちゃん！　その方法ならすでに俺が見つけている！」

「何か言いましたか愚劣《ぐれつ》な弟、略して愚弟」

「フッ、俺はドMだから姉ちゃんに罵られても快楽を得るだけだぜ？」

「気持ち悪いです。洗面器に顔を突っこんで窒息死してください」

「いいか、よく聞けよ」

姉の酷い言葉をスルーして、白兎は無意味に立ちあがると決めポーズ。

「おまえら馬鹿だなぁ、俺は賢《かしこ》いからすぐに気づいたぞ――」

イラッとするが、この袋小路みたいな状況を切り抜けられるなら、猫の手でも借りたい。

「簡単だろ、――姉ちゃんは『ブル・フル』の住民に取り憑かれて冷やされていく」

ありすを指さし、つづけて俺を見据えて。

「そして春彦は、増幅された桜の祝福が流れこんで熱せられていく」

そのまま身体の前で腕をX字に交差させ、宣言したのだ。

「つまりマイナスの姉ちゃんとプラスの春彦がくっつけば、程よい温度になるんじゃね？」

「あぁ――」

俺はわりと感心した。そうだ、熱いものと冷たいものを混ぜればいい感じの温度になる。小学生でもわかる。

さっきありすに触れて心地よかったのは、彼女に熱を奪われたからだ。それを、恒常的につづければ――。

「その場しのぎの対症療法にしかなりませんね、根本的な解決にはなりません」

ありすが冷静につぶやいたが、白兎は動じない。

「だが時間稼ぎにはなる。その間に、ふたりとも完治できる方法を探せばいいだろ」

珍しくやや真顔になって、白兎が俺たちを見つめてくる。

「だから今後は、なるべく一緒に行動したほうがいいぞ——おまえら。死にたくなかったらな。どうせ春彦、今日はうちに泊まるんだし、……一緒に寝ちゃえば？」

「い、いけません」

ありすが、おおきく反応した。

「春彦にそんな迷惑をかけるわけには——その平穏を乱しては、いけないのです」

俯いて。

「すぐに、どうこうという事態ではありません。しばし経過を見ながら、根治の方法を模索しましょう。熱が我慢できなくなったら、わたしを呼びだしてください」

ありすが部屋の隅にあった小物いれからメモ帳を取りだし、そこに電話番号とメールアドレスらしきものを書いて、俺の手のひらに握らせてくれる。

「どこにいても、必ず駆けつけます。そして、いつか絶対にきみを助けてみせます。だから春彦、きみはわたしに任せて——いつもどおりの生活を送ってください。これはわたしたちの問題ですから。巻きこんでしまったきみにまで重荷を背負わせるのは、いけないことです」

早口にまくしたてると、ありすは姿勢よく、食事に向き直った。

「では、この話はお終いです——質問はありませんね？」

「姉ちゃん～……」

白兎が呆れたように溜息をついたが、ありすは「何か文句でも？」みたいな顔で彼を睨んで黙らせた。

「まぁいいや、今はそれで——春彦もいいな？」

白兎に問われ、俺は。

「あ、あぁ……」

悔しいことに、何も言うことができなかった。

そんな感じで、俺の奇妙な生活が始まったのだ。

二章　ぬくもり

1

翌朝である。

疲れていたのか俺は熟睡しており、目覚めたとき、時計を見たらもう昼前だった。

ずいぶん寝過ごしたなぁ——と思ってから、周りを見回して、そういえば自宅じゃないんだったと思いだす。清潔な、畳敷きの和室。ＴＶやら小型の冷蔵庫やらまでついていて、やっぱり旅館っぽい。

ともあれ、よい匂いがしたので空腹に負け、部屋をでてふらふら進むと——。

「ふんふふ～ん♪」

厨房らしき場所で、白兎《はくと》が裸エプロンで料理をつくっていた。

俺のなかの善良な部分が消し飛び、殺さなくてはいけない、と即座に判断したが。

「よぉ、春彦《はるひこ》！　ずいぶん寝坊助《ねぼすけ》だな、つっても姉ちゃんもだけど——悪いけど起こしてきてくんない？　俺は朝ご飯つくってるからさ！」

などと屈託なく言われたので、俺は「服を着ろ」とだけ告げて言うとおりにした。

寝起きだし、相変わらず身体が不気味に火照《ほて》っていて気怠《けだる》い。暴れる元気もない。

廊下を歩き、教えられたとおりに、ありすの部屋に辿《たど》りつく。無機質な印象で、扉には素っ気なく『ＳＴＡＦＦ　ＯＮＬＹ』の文字が。ここでいいんだよな……？

「おぉい、ありす？　起きてるか、学校行くぞ～？」

だいぶ遅刻とはいえ、かんぜんに欠席するよりは午後からでも顔をだしたほうがいい、と考えてしまう俺は――危機感が足りないのだろうか。

いまも全身を蝕《むしば》む熱は、きっと命に関わるのに。

「ありす？　まだ寝てんのか？」

ともあれ、風呂場での教訓を活《い》かしていきなり扉を開けたりせず、ノックして呼びかけたが。反応がなかったので、恐る恐る取っ手をまわし室内を覗《のぞ》きこむ。

室内もまた簡素だった。飾り気がないうえに調度まですくなく、本棚にも教科書や参考書が並んでいるだけ。ほとんど生活臭がしない、とすらいえる。

気になったのは、部屋の真ん中にカーテンが引かれ、奥が見られないようになっていることだが――まぁ、プライバシーだしそっちは気にしないことにしよう。

俺の目的は、ありすの部屋を物色することじゃないし。

「ありす、起きろ」

　扉のすぐ近く、敷かれた布団でありすが熟睡している。きちんと背筋をのばし、まるで収納されたお人形さんみたいだ。あるいは、屍体《したい》とか——。

　そう思って、ぞっとした。

　あまりにも反応がなさすぎる、生き物の気配がしない。血の気もない。俺はしゃがみこみ、不安に思いながら、失礼かとも思ったけど彼女のおでこに触れてみた。

「ひっ」

　反射的に手を放してしまうほど、冷たい。

　氷でできてるみたいだ。

　人間の体温じゃない。

「ありす！」

　俺は叫んで、彼女の肩を揺さぶった。だが起きない。当たり前だ、もしかするとこれは眠ってるんじゃなく——。

　呼吸はしてるらしい、生きてる。だが、ほとんど仮死状態だ。

　失神してるんだ。

　どうしよう、白兎を呼ぶか。それとも、救急車を——ちがう、そんな悠長《ゆうちょう》なことをしている暇はない。とにかく、彼女をあっためないと……。

ありすは体温を奪われつづけている、ゆえに俺の内部から余分に溢《あふ》れる熱を与えればいい。昨日の会話を思いだし、俺はありすを必死に抱きよせた。

布団ごと、彼女の華奢《きゃしゃ》な、でもところどころ肉感的な刺激の強い身体をかき寄せる。冷えきったその肉に、すこしでも熱が戻るように、噛みしめるように。

どのぐらい、時間が経っただろうか。

ゆっくりと、俺の腕のなかでありすが瞬《まばた》きをする。

「う、うぅ――」

ひどく億劫《おっくう》そうに声をあげて、とろん、とこちらを眺めると。

まだ、夢を見ているような表情で。

「あ、れ――春、ちゃん？」

まだ寒いらしく震える指先で、俺のことをきゅっと抱きかえしながら。

「春ちゃんだ～、えへへ～♪」

寝惚けてるらしく、好き好き♪　というように頭を擦《す》り寄せてきた。俺はびっくりして、思わず後ずさる。急に解放されたありすは、ふらついてから、俺をまじまじと眺め。

「……………？」

そのへんで、ようやく意識がはっきりしたらしく。

「春彦。きみ、わたしの部屋で何を……？」

「いや、ちがう。俺はおまえを起こしにきたんだ、それでその。今のはちがう――ただの救命行為だ」

「眠っていて無防備な女の子を抱きしめるという、破廉恥《はれんち》な行為をしておいて、言いたいことはそれだけですか？」

溜息《ためいき》をつき、ありすは冷然と手を振りあげると――。

「春彦がえっちな変態さんになってしまって、お姉ちゃんは哀しいです……」

「ちょっ、誤《ご》かっ――俺の話を聞け！」

快音を響かせ、俺のほっぺたに彼女のビンタが炸裂《さくれつ》した。

2

そのあと。

ふつうに食事をとり、制服に着替えた俺たちは（靴下などは白兎のを借りた）、かなり遅い登校の真っ最中。

天裏神宮《あまりじんぐう》の境内を抜けて、学校まで一直線。

かなり半端な時間なので他に生徒の姿などはなく、今年の桜は遅咲きだが観光客もそれなりにいた。散歩やジョギングをしている、近所のひとたちも。

例の佐保姫《さほひめ》さま——ひときわ巨大な桜の樹のみが、他の桜に比べて不自然に満開だ。真っ白な花びらを、雪のように舞い踊らせている。

その前を通過し、学校の校舎に辿りついて、下駄箱で学年のちがうありすと別れる。

「では、わたしは自分の教室へ向かいますので。何かあったら、連絡をしなさい」

「わかってるよ」

俺の返答がふてくされてるのは、今朝、彼女にぶん殴られたせいで頬《ほお》に湿布を貼ってるからだ。かなり全力で殴りやがった……。きちんと説明したら今朝の俺に責められる点がなかったことは納得してもらえたのだが、わりと殴られ損である。

まぁ、ありすに触れたおかげか、身体の火照りはだいぶ楽になったけど。

「何かおかしいな、変だな、と思ったら自分で判断せず——わたしに報告しなさい」

階段へ向かおうとしていた彼女が振り向き、そう言い添えた。

数歩歩くと、またこちらを見て、さらに。

「授業中だろうが、何だろうが、遠慮はいりませんからね」

すこし階段をのぼり、消えたと思ったら、ひょこりと顔だけだして。

「周りの知りあいなどには、『ブル・フル』のことや佐保姫さまのことは言わないほうがいいでしょう。電波なひとだと思われますよ。白兎、気をつけて春彦を見ているんですよ。

きみも、何か気づいたことがあったら報告しなさいね」

「いいから、わかったから……」

やや呆《あき》れて、過保護な親みたいなありすに応える俺である。

「ほんとですかぁ？」

ありすは不満そうにくちびるを尖らせてから、やがて渋々と歩み去っていった。

「おまえ、愛されてるなぁ」

白兎が感心したように言ったが、意味がわからん。愛されてるなら、とりあえず殴られることはないと思うんだ。

「四時限目が終わるまで、あと数分ってとこか。今から授業にでても仕方ねぇし、変に目立ちたくもないしな――廊下で駄弁《だべ》って待ってようぜ」

その提案にのり、俺たちは自分たちの教室の前で、のんびり。

「しかし、昨日はいろいろあってそのへん突っこんで聞かなかったけど――驚いたよ、おまえとありすが姉弟だったなんてな」

「ん～、教えてもよかったんだけど。姉ちゃんに、止められててな」

あれ……白兎は、俺とありすが過去に出会っていたことを知っていたそぶりだ。

「ま、俺が言えた義理じゃねぇけど――姉ちゃんのこと、頼むな。わりと、危なっかしいひとだからさ。何でもかんでも、ひとりで抱えこもうとしやがってよ――」

その表情は、ちゃらんぽらんな白兎らしくなくて、俺は戸惑ってしまった。

チャイムが鳴り響き、白兎は嬉しそうに「お、授業終わったな」とさっさと教室に向かってしまう。同時に教師が扉を開き、怪訝《けげん》そうに俺たちを見てから去っていった。

俺は頭を掻《か》き、自分も教室に踏みこんで——。

「は〜、る〜、ひ〜、こ〜」

地獄の底から響くような、ものすごい声に出迎えられた。

嫌な予感をおぼえながらそちらを見ると、教室の真ん中に鬼がいた。

否、よく見ると俺の幼なじみだ。

「春彦！　あんたねーっ、昨日はどこ行ってたのよーっ！　勝手に連絡して外泊してあんた何考えてんの⁉　白兎くんちだっていうから納得したけど、咲耶《さくや》ちゃんが寂しがってたでしょ⁉」

や、うちの妹は俺がいなくても、とくに気にしなかったと思います。

「ってか、あの変な三年生のひとに誘拐されてさ、すごい心配してたんだから。そのまま拉致監禁されたんじゃないかって——白兎くんの知りあいだっていうからさぁ、信じたけどさぁ。……って、春彦あんたほっぺたどうしたのよそれ⁉」

ずかずか歩いてくると、目を白黒させて俺の顔を覗きこんでくる。

「な、何で怪我してんの⁉　だいじょうぶ⁉　うわぁん、あの女に拷問《ごうもん》とかされて心身に消えない疵痕《きずあと》を刻まれちゃったんだーっ⁉」

「落ちつけ、桃子《ももこ》。おまえ面白いぞ」

「え？　お、面白い……？　えへへ♪」

べつに褒《ほ》めてないのだけど、なんか上機嫌になってくれた桃子だった。

「ま、とくに何もなかったからさ」

白兎が頭ごなしに叱られてる俺を見かねたか、助け船をだしてくれる。

「昨日はちゃんと説明しなかったけど、あのひと俺の姉ちゃんでさ――。まぁ、悪いひとじゃないし、拷問とかもしないから。たぶん、きっと……」

びみょうに煮え切らないが、そのまま笑顔を浮かべると。

「それより、昼飯にしようぜ――今から昼休みだろ、腹が減っては戦《いくさ》ができねぇぞ」

「って、俺たちはさっき食っただろ」

小声で囁《ささや》くと、白兎は片目を瞑《つぶ》って。

「おまえ、自分で思ってる以上に体力消耗してるから、できるだけ食べたほうがいいぞ。ま、軽食程度にでもな。おまえは常に熱をだしてる、カロリーを消費してるんだ。新陳代謝が百倍ぐらいになってる、と思ってたほうがいい」

すごくダイエットによさそうである。

「でも弁当なんて用意してないだろ、どうする？　学食か購買か？」

俺は弁当派だが、今日はもちろん持参してない。

「任せとけ」

白兎は深く息を吸いこんでから、比較的おおきな声で。

「姉ちゃん〜！　たいへんだ、春彦がピンチだぞ〜！」

いや、あいつの教室は階がちがうし、聞こえるわけないだろ。正義の味方じゃあるまいし、呼べばすぐ駆けつけるとかそんな——。

と思ったが。

どどどどどど、とものすごい足音が響いて。

ばあん！

すごい勢いで、俺たちの教室の扉が開いた。

既視感《きしかん》をおぼえる光景である。

「ただいま見参」

息も乱さずに、そう宣言するありすを見て、桃子の表情がみるみる引きつる。

気にせずに、白兎が「よっ」とかるく自分の姉に手を挙げると。

「おう姉ちゃん、これから飯にするからさ——購買でパンとか買ってきて？」

「……畏《かしこ》まりました」

ありすは俺をちらりと見ると、異状がなさそうだと判断したのか、踵《きびす》をかえして去っていく。あれ、ってか今——何かおかしかったというか。

「白兎、おまえ実の姉をパシリに使うなよ」

「え？　あ、あぁ……」

白兎は何を言われたのかわからない、みたいな顔を一瞬したけど。

疑問を解消できないうちに。

どどどどど、とまた足音が響いて。


ばあん！


「ふたたび見参」

ものすごい速度でありすが帰ってきた。

「お疲れさん〜。姉ちゃんもこっちこいよ、いっしょに食おうぜ」

「ええ」

机を移動させ、食卓をつくってる白兎に頷《うなず》き、ありすは躊躇《ちゅうちょ》なく教室に踏みこんでくる。

クラスメイトたちはざわついてるが、まぁいい。お互いの体調のこともあるし、俺とありすはなるべく近くにいたほうが——。

「………」

桃子が無言で、俺の横の席に腰かけ、怖い顔をする。

こいつは俺たちといっしょに食事をしたりしなかったりだが、今日は参加するようだ。

手製らしき弁当を取りだし、じっとありすを注視している。

そんな桃子に、ありすが歩み寄ると——。

ぐっ（桃子の肩を掴む音）。

ひょいっ、ぽぉん（桃子をいちど担ぎあげ、邪魔そうにそのへんに捨てる音）。

「きゃーっ!?」

突然の蛮行《ばんこう》に、ポイ捨てされた桃子は悲鳴をあげてから起きあがる。

「ななな、何すんのよあんたーっ!?」

床に尻もちをつき文句を言う桃子を、ありすは「はっ」と驚いた顔をして眺めると。

「障害物が喋《しゃべ》った」

「あれっ、あたし人間とすら判断されてなかった!?」

ぬくぬくした表情で、当たり前のように俺の横の席を確保したありすに、不満そうにしながら桃子が正面にまわると——。

どっかり腰かけ、威圧的に。

「あんた、昨日の女のひとね――ちょ、ちょっと失礼じゃないですか！」

いちおう年上だからか、敬語になる。桃子は真面目である。

ありすは小首を傾げて。

「あなた、誰ですか？」

「あたしは春彦の保護者です！」

端的《たんてき》に問うたありすに、桃子は自信満々に言いきった。

すると、ありすは驚いた顔をすると、深々と頭をさげる。

「これは、ご挨拶が遅れました――真智《まち》ありすと申します。息子さんには、いつもお世話になっております」

「あ、どうも。小河《おがわ》桃子です、って息子じゃないわべつにーっ！」

「おい、ちょっと落ちつけよ母さん」

「あんたの母さんじゃないもんーっ！」

俺の余計な口出しに、桃子はやや泣きそうである。でもおまえ、実際お母さんっぽいよ。

ありすは「きょとん」としながらも、買ってきたらしい菓子パンなどをざらざらと机の上にあけた。こりゃまた、やけに大量に……。

「あ、あたしのことはいいのよ。あんたこそ何なのよ――春彦と、どういう関係⁉」

そんな桃子の問いに、ありすは。

「えっと」

すこし考えこみ、誤解をとこうとしたのか、内心の読めない無表情で。

「べつに、やましい関係ではないです。健全なお付きあいをしています――はだかを見られたり、朝起きたら彼が布団のなかにいたりしましたが、何もありませんでした」

「…………」

わぁ、俺の幼なじみが見たことない顔で俺を見ているぞ？

みるみる鬼と化していく桃子が怖かったので、俺は「うわぁ、おいしそうなパンだなぁ。俺お腹ぺっこぺこだぁ」と棒読みで言いながら目を逸らす。

ちくしょう。ありすが言ったことは事実だから声高《こわだか》に否定もできん、でもこのタイミングで言わないでほしかったです。

「春彦のために、いっぱい買ってきました。わたしも、栄養つけなきゃいけませんし」

ありすは微笑み、爆撃をつづけやがる。

「もう、わたしは――わたしだけの身体じゃないから……」

「ブフゥッ⁉」

桃子が牛乳を口から噴いた。

そして俺を、マグマが渦《うず》巻くようなすごい目つきで見ると。

「春彦……どういうこと――このひとに何をしたの……白兎くんのお姉さんってことは昨

晩はこのひとの家に泊まったのよね……そこで何があったの——ひょっとしてこのひとの身体に新たな生命が宿るような行為をしちゃったのかコラァア……!?」

やばい、人殺しの目をしている。

誤解だ、と言おうとしたが——それより先に、ありすが傷口に塩を塗りこむ。

「なかなかの卓見《たっけん》です、そうですね……。たしかに昨晩、彼の体内から放出された生命が、わたしのなかに宿ったのです。このあたりに——」

そこで下腹部を撫《な》でるありすに、悪意を感じる。たぶん天然だけど。

「は、春彦……あたし……」

桃子が目をぐるぐるさせている。

「あたし、春彦の——おじさんとおばさんに頼まれて……保護者……だから——そんな……できちゃった結婚……学生なのに——世間の偏見……人生……終わっちゃ——」

ぷっつん、と幼なじみの理性が切れる音がした。

「うわぁあん、信じらんない馬鹿最低変態——春彦を殺してあたしも死ぬーっ！」

「落ちついてお母さん、菓子パンはいかがですか」

「お母さんじゃないってばーっ!?」

空気を読めないありすに、桃子はしばし息を荒らげていたが、やがて冷静になったのか——こめかみを指で圧《お》して思案すると。

溜息をついた。

「まったく……。ふんっ、わかってるわよ——春彦はあたしが育てたようなもんなんだから、そんな大それたことをする度胸はないってね。そうよ、こいつがそんなに大胆だったら苦労してないのよあたしは、ふんふんふんっ」

何やら納得してくれたようである、これで聡《さと》い女の子なのだ。

まぁ実際、何もなかったしな……そっち方面のことは。

「もぐもぐっ。何よ、甘い菓子パンばかり買ってきて」

弁当があるだろうに、手渡された菓子パンをやけ食いするみたいに。

「春彦は薄口が好きなのよ、うちの店のホットケーキも何もかけないで食べてるもん。好みとかちっともわかってない、あたしのほうが春彦のことよく理解してるもん」

「しゅうとめ……」

「姑⁉」

ありすの発言に、桃子はショックを受けた顔をしながら。

傍観していた白兎を、睨《にら》んだ。

「ていうか、何で白兎くんのお姉さんと春彦が——どういう馴れ初《そ》めなのよこれ、わけわかんない。べつに、何でもかんでも報告しろとは言わないけどさぁ？」

むくれて、腕組みすると。

「心配なのよ、春彦ったら馬鹿なんだから。鈍感で、女の子の気持ちなんてわかんない。でもね、こいつが悪いやつじゃないってことは知ってる、誰よりも。だから春彦が納得してそばにいたいと思ってるならいいわよ、邪魔しないわよ」

どうなの、という顔で見られたから、ここで何も言わないのは格好悪すぎる。

ただ流されて、こうなったんじゃない――俺は、ありすに関わりたい。

むかし、傷つけた。

そして、ずっと忘れていた。

たぶん、俺の予想もつかない怪異や宿命に晒《さら》されて、独りぼっちで苦しんでいた。

むかし友達だった彼女を、もう『出会わなかった』ことにはできない。

「俺は――まだ、よくわからないけど」

うまく喋れない自分が、もどかしい。

「ありすの、そばにいなくちゃ、って思う。俺に何ができるのか、わからないけど。目を逸らして逃げだすことだけは、したくない」

ただの義務感、あるいは罪悪感なのかもしれないけど。

「そう、わかった」

桃子は俺の目を見据え、しばし黙考していたが、やがて弁当を抱えて立ちあがった。

「じゃ、好きにすれば――いいわ、今回はマジなのね。わかった、あたしは何も言わない。

むしろ、情けないところ見せたらお尻ひっぱたいてやるんだから」

言うと、ほんとに物理的に距離をとるつもりか、女子の集団に混ざっていく。

「つぐみちゃん〜、ご飯いっしょに食べていい？」

「いいよ〜。うふふ、女子の世界へようこそ〜♪」

何やら委員長と親しげに、笑って食事を始めてしまった。女子はタフだ。

「よかったのですか？」

それを見送って、いまだに状況がよくわかってないふうの、ありすに問われた。

「おう」

俺は頷き、自分も菓子パンを頬ばる。桃子の言うとおりだ。俺は馬鹿で、鈍感で、女の子の気持ちなんてわからない。それで何度も失敗した、ありすのことも傷つけた。

だから、今度こそは。

脳裏に、あの日に見た、ありすの無惨な姿がよぎる。

二度と、あれを繰りかえしちゃいけない。

「桃子には悪いけど、いまは——他のことを考えてる余裕なんてない」

「そうですか」

ありすは素っ気なくつぶやくと、むぐむぐと小動物みたいに菓子パンをかじり始めた。

いつもどおりの無表情だったけど、どことなく嬉しそうだった。

3

その後はふつうに授業を受け、放課後。

「さてと、行動開始だな」

白兎が何やらわからんことを言いつつ、俺の肩を叩く。その横を、桃子が「あぁ忙しい忙しい」とわざとらしく言いながら通過し、さっさと帰ってしまう。この時期、あいつは自宅の店がかきいれどきで、実際忙しい。

いつもなら手伝うのだが、今回はすまん桃子——ぜんぶ解決したら、埋めあわせはする。

「まさか、本気で姉ちゃんの言ったとおりに『何かあったときだけ、連絡する』なんて消極的な姿勢でいいと思ってないだろ？」

白兎に促され、俺は頷く。

今朝のありすを思いだす。あいつ、口ではへいきそうにしてるが、実際はどうかわからない。全身から体温を奪われてるのだ。苦しくないわけがないし、もしかしたら即急に命に関わるかもしれない。

あの寒気は、俺も一時的に体感したからわかる——ふつうなら、一日だって耐えられない。

「とりあえず、姉ちゃんと合流して今後の方針を立てようと思うんだけど……あれ？」

白兎が携帯電話をいじってる。

「姉ちゃんから返信がねぇぞ——まだ授業中ってこたぁないだろうし、どうしたんだろ？」

「まさか……」

不安になって、俺は白兎と顔を見あわせ、三年生の教室へ急ぐ。途中で教師に「廊下を走るな！」と叱られたが、すんません先生、命がかかってるんです。

すぐに到着し、ありすの真似でもないが、勢いよく扉を開いた。

「ありす！」「姉ちゃん！」

白兎と声を揃《そろ》え、なかに踏みこむ。

すでに授業が終わってだいぶ経ってるのか（俺らのクラスは長引いたのだ）、教室に人気はない。がらんとしていて、最後尾の席にありすがいた。

突っ伏していたから、一瞬ぎょっとしたけど——どうも、熟睡してるらしい。

また眠ってんのか。これじゃあ、ほんとに『不思議の国のアリス』だ。

「体温が急激に低下すると、眠くなるらしいぞ。ほら雪山で遭難して『寝るな～、寝たら死ぬぞ～』っての、あるだろ」

死ぬとか、洒落にならんこと言うな。

「ありす、だいじょうぶか」

肩に触れたが、だいぶ冷えている。今朝ほどじゃないが――やっぱこいつ、無理してへいきそうに振る舞ってるだけじゃないか。ほんとは、かなりヤバいんじゃないか……。

あっためようとしたが、同時に思いだす。

こんな状況で二の足を踏むのもどうかと思うが、また殴られるのは嫌だ。

「そ、そうだ白兎、おまえが抱きしめてやれば？　熱せられてる俺よりは体温低いとはいっても、あっためるのは俺じゃなくてもいいもんな」

「や～、俺が触ったりしたら姉ちゃん死んじゃうよ？」

白兎がよくわからんことを言って、呆れたように。

「いいから、おまえが体温を与えるのがいちばん効率がいいんだって。恥ずかしがってないで、さっさとやれ」

背中を押された。白兎のやつ、細身のくせに意外と怪力で、俺は油断してたのもあって呆気《あっけ》なく突き飛ばされる。

「うおわ、何しやがる!?」

ありすを巻きこみ、盛大な音をたてて倒れこんだ。

俺は、慌てて起きあがろうとして。

「くそっ、白兎てめぇ――痛ぁ、く、ない？」

頭ぶつけて大惨事かと思ったのだが、ふんわりと、俺の頭は何かクッション的なものに着地したらしく、まったく痛くなかった。むしろ、心地よい。

でも、何だろう、嫌な予感がする。

恐る恐る顔をあげて——俺は自分がありすを押し倒したような体勢であること、さっきまで顔面を彼女の胸元に押し当てていたうえ、立ちあがろうとしたとき片手で彼女のそれを思いっきり揉《も》みしだいていたことを知るのだった。

ついでに、ありすは——衝撃で目が醒めたのか、ぱっちりと両目を開いていて。

「春、ちゃ……ん？」

「ち、ちがうっ、これは事故で、白兎が——っていねぇ⁉」

あいつ、名前のとおりに脱兎《だっと》のごとく逃げやがった⁉

「ひとのせいにするなんて、お姉ちゃんは哀しいです」

ありすは普段どおりに、冷然とした口調のまま。

「春ちゃんが望むなら、べつに嫌がったりしないのに……」

小声で何かを言い、俺が「え？」と聞きかえすと、ぐぐぐ、と片手にちからをこめて。

俺の顔面を鷲掴《わしづか》みにすると。

「ねぇ春彦——記憶を消すには、どのぐらい殴ればいいのかご存知？」

4

「さてと」

どことなく満足そうなありすとともに、筆舌《ひつぜつ》にしがたい恐怖を味わった俺は歩く。ばくぜんと、登下校の順路である天裏神宮の境内を。

ちなみに、白兎は逃げたまま戻ってこない。明日会ったら鍋で煮こんでやる。

「ほんとは、春彦の生活を乱したくはないのです」

ありすは、いまだにそんなことを言う。

「だから、こういう放課後の――短い間だけ、お付きあいいただければと思います。もちろん、他に用事があったらそれを優先してください。忘れてるかもしれませんが、きみは病気のようなものです。本来なら、安静にしているべきなのですよ」

「それは、ありすも同じだろ」

「わたしはプロですよ。天裏の巫女です。自分の体調ぐらい、把握してます」

「気絶して、心配させたくせに」

「……何か？」

「ひっ、ごめんなさいっ⁉」

どこからともなく、ありすが野菜の皮とか剥《む》くための器具を取りだしたので黙る。着実に調教されてる気がする。

「まぁ、わたしが万全でないのも事実です——きみの手が借りられるのは、しょうじき助かります。お互い協力していきましょう、ただし無理はしないように」

淡々と、ありすは語る。事務的だなぁ。

「さて、今日はどうしますか？」

5

俺たちは、問題の桜——佐保姫さまを調べることにした。

桜そのものは俺を祝福しているだけで、悪意はないらしいが。とりあえずすべての発端ではあるわけだし——他に、手がかりがあるわけでもない。

遠巻きに、奇妙な白い花吹雪が美しい桜を眺めながら、俺はぼやく。

「こいつを倒せばすべて解決、とかだったら簡単なんだけどなぁ」

「滅多なことを言ってはいけません」

ありすが畏れるように、首をすくめる。

「佐保姫さまはこの国のお姫さま、たいへん立派な神さまです。か弱い人間でしかないわたしたちよりも、はるかに強大なちからをもってらっしゃいます。刃向かってどうにかなるものではありませんよ、重力に逆らうようなものです」

「まぁ、べつに神さまに喧嘩《けんか》売るほどやんちゃじゃないけど——しかしまぁ、盛況だな」

桜が咲く時期は観光シーズンだから、毎年かなりの人混みになるのだが。問題の桜の周りは、ぜんぜん近づけないぐらいだ。アイドルのコンサートみたいになってる。

「ま、他の桜は毎年咲きますが——佐保姫さまは特別なときにしか満開になりませんしね。あのように咲き誇っているのは、文献から考えてお母さまの代まで遡《さかのぼ》らねば記録にありません。十数年ぶり、といったところでしょうか」

ありすは、俺をじっと見据える。

「それだけ、桜を開花させたきみは、並外れたちからを持っているのかも」

「いや、高校生になってまで秘められたちからとか要らんのだけど。でも、どうする？　観光客を押しのけて桜調べるのは、さすがに無理なんじゃね？」

「そうですね、日が暮れれば観光客も減るでしょう——それまでは時間を潰していましょうか。ついでに、きみにある程度の天裏神宮の歴史や佐保姫さまについて教示してあげましょう」

ありすは俺を促し、てきとうに観光客の流れに沿って歩き始める。

「そもそも天裏神宮の歴史は天地開闢《てんちかいびゃく》の昔、というほどではありませんけど——それなりに古代から連綿《れんめん》とつづいています。この国が敷島《しきしま》と呼ばれ、いまだ土地と神さまが区別されていなかった時代からです。佐保姫さまは、同時にこの国を代表する花、桜の守護者コノハナサクヤヒメと同一視されています。美しく、それゆえ壊れやすいコノハナサクヤヒメの神話は神々と人間の区別が曖昧な日本神話において——隠喩的《いんゆてき》にも神と人の区別、分離について記述されたたいへん興味深いエピソードで……」

「ありす、ありす。見ろ、屋台がでてるぞ」

「春彦、さては聞いていませんね？」

ものすごい勢いで飛んできた説明に怯《ひる》みつつ、並んだたこ焼きだの焼きそばだの屋台に俺は歩み寄っていく。ちなみに話は聞いてはいる。理解できてるかは怪しいが。

「何かすごい腹減るんだよ、昼飯二回も食ったのになぁ。白兎が言うには、いまの俺はえらいカロリー消費してるんだって。栄養失調で倒れたくないし、何か食っていい？」

「仕方ありませんね」

ありすは、すこし心配そうに頷いた。

「ただ、食べすぎないように。ものを食べると体温があがります、できるだけ冷たいものを摂取するのがいいでしょう」

「わかってるよ、お姉ちゃん」

口うるさいありすを揶揄《やゆ》するように言ったのだが、なぜかありすは「びくっ」として、俯いてしまった。どことなく、嬉しそうな気がする。

「わたしは逆に、あったかいものを食べたほうがいいでしょうね。甘酒とかがあればいいんですけど。こういう屋台を巡るのは初めてで、何がなんだか――」

「って、おまえここに住んでんだろ。こういうの、毎年やってるんじゃないの。ていうか、おまえは巫女さんとして働かなくてもいいわけ？」

俺的に、巫女さんといえば縁日や初詣のときにお守りとか売ってるひとなんだけど。

「わたしたち天裏神宮のものは、表の事情には関わっておりませんので――」

語っていると、ありすが不意に足を止め、ひとつの屋台をじっと眺める。

見ると、『ぎんなん』と書かれていた。

いちど通りすぎかけたのだが、振り向いて、もの惜しげに眺めている。わかりやすいやつだなぁ、と思いつつ俺は言ってみた。

「ぎんなん、買ってこようか？」

「春ちゃん……☆」

ぱぁっ、と笑顔になったありすだが、不意に表情を取りつくろった。

「いけません。言ったでしょう――それぞれの体調に見あった食品を、選ぶべきです」

「昼は菓子パン食ってただろうが。いいじゃん、あんま厳密にしなくても」

「春彦は危機感が足りませんね、命に関わる問題なのですよ」

「ぎんなん、一パックください」

ありすのお叱りを聞き流し、屋台のおばさんにぎんなんを注文する俺だった。

ありすは真っ赤になると、俺の肩のあたりをバシバシ叩いた。

「ひとの話を聞きなさい、きみはもう――」

「ほれ」

丹念に炒《い》られ、天然塩をかけられたぎんなんがたっぷり詰まった紙コップを――ありすに示す。彼女はムスっとしながら目を輝かせるという、器用な表情になった。

そのまま指でぎんなんをひとつつまみ、口にいれる。

「にゅ」

変な声をだすありすに「ん?」と首を傾げると、そのまま――。

「にゅ。にゅ。にゅ」

夢中になって、小動物みたいにひとつぶずつ、たいせつそうに齧《かじ》り始めた。

「おい、何だその『にゅう』ってのは」

「にゅう～♪」

「……え?」

きょとん、とされた。無自覚らしい。俺は呆れながらも、自分もぎんなんをつまんで食べてみる。独特の苦味と風味があって、あまり得意じゃない感じだ。

「春ちゃん!」

ありす、渋い趣味してんなあ——女の子ってスイーツとかが好きなんじゃないだろうか、偏見だろうか。

などと考えつつ、ふたりで桜並木のなか、のんびり間食タイムをすごしていると。

周りには、似たような男女ふたりづれがいっぱいいることに気づいた。俺たちも、周りからはカップルに見えてるんだろうか。

すこし意識してしまい、無意味に照れくさくなる。

「春彦も、もっと食べなさい」

状況をわかっているのかいないのか、ありすがマイペースに紙パックを差しだした。

「ぎんなんは身体にいいんですよ、生命力です」

よくわからんことを言いつつ、当たり前のように。

「あ～ん♪」

ぎんなんを指でつまみ、俺の口元に添えてくれる。

思わず反射的に「ぱくり」と食べさせられてしまった、ちいさな子供じゃないんだから……。

「おいしい？」

満足そうに問われたので、思わず「お姉ちゃん！」とありすを抱きしめたくなったが——

ちがう、こいつは俺のお姉ちゃんじゃなかった。

わりと紙パックにはたくさんのぎんなんが入っていたけど、そんな調子で食べていたので、すぐになくなってしまった。

「堪能《たんのう》しました」

ありすが無表情のままなので、わかりにくいが幸せそうに。

「久しぶりに食べると、どんなものでも美味に感じるものでにゅ」

語尾にちょっとぎんなんの後遺症が残ってるぞ……。

ふたりで、屋台のおばさんに「おいしそうに食べてくれたお礼」とお茶を振る舞われてから、ありすがひとの流れを指先で示した。

「春彦、せっかくですから――神宮内の観光ルートなど、ひととおり見ていきますか？」

「そうだな。逆に新鮮だし、時間潰さないといけないしな」

「ええ。ただし、目的意識を忘れないことです。何が我々の体調を左右するきっかけになるかわかりません、注意深く行動するんですよ」

お堅いやつだなぁ、いいけど。

あちこちにある案内掲示板の前で、どういう経路を辿るかばくぜんと決めておく。

「地図で見るとあらためて思うけど、ずいぶん敷地の広い神社だよなぁ」

「国内では最大規模、鶴岡《つるがおか》八幡宮よりやや狭い程度ですからね」

ありすはまた、面倒くさそうなことを語り始めた。

「表向きの祭神は佐保姫さま、およびコノハナサクヤヒメさまです——前者は由来のはっきりしない、神話の記述がすくない神さまですが。後者は天孫降臨《てんそんこうりん》のニニギノミコトの妻となり、海幸彦《うみさちひこ》と山幸彦《やまさちひこ》の母となった子宝の神です」

ほとんどの単語が理解できないんだけど……。

「ご利益は長寿であり、縁結び、子授《こさず》け、安産、山火事の予防なんてのもありますね。夫に貞操を疑われ、燃え盛る小屋のなかで出産をし身の潔白を証明しようとした、という神話の記述から関連づけられているようです」

「過激だなぁ」

「ええ、女ですから」

淡々と、ありすはよくわからんことをドヤ顔で言った。

「コノハナサクヤヒメといえば箱根《はこね》神社が有名ですが、この天裏神宮の宝物殿《ほうもつでん》や博物館に収められている神具などは、そういった関連した神社から借り受けているものですね。あとはレプリカなどなのですが、見に行ってみます？」

正面にかなり立派な神社の本殿があり、その脇道に『→三百メートル先、博物館。拝観料五百円』と書かれているちいさな看板があった。

俺は頷き、ありすとふたりで長い参道を歩いた。ちいさな白い砂利《じゃり》が敷きつめられた、桜に囲まれた並木通り。あちこちでレジャーシートを広げた家族連れやカップルが、お花見をしている。

なかには、盛りあがりすぎている酔客《すいきゃく》もいるが――。

「あぁいうのって、神社的にはＯＫなの？」

「構いませんよ、ゴミなどをまきちらさなければ。説明したとおり、佐保姫さまは人間の喜びや幸せなど、前向きな感情を好みますから。人々を喜ばせるために、桜は美しく咲き誇るのですよ」

その自分の言葉に、傷つくように、ありすは俯いて。

「どれだけ実利を提供しても、それだけでは、イワナガヒメのように――魅力のない女なのでしょうね、きっと」

やがて、博物館の建物に辿りついた。

「おまえ、顔パスで入れたりしないの？」

「無理ですね。こういうところの受付をしている巫女はバイトのひとですし――わたしの顔など、知らないでしょう。それに、こういった場で支払う金銭は神さまへのお賽銭《さいせん》ですよ」

財布を取りだし、ありすは困ったように。

「お金、払いましょうか？」

「あ、いや――無理ならいいんだ、うん」

　さすがに、年上とはいえ女の子に奢《おご》ってもらうのは如何《いかが》なものかと思う。ふたりでチケットを買い、博物館のなかへ。硝子《ガラス》ケースのなかにある、それっぽい水墨画やら古ぼけた木造の何かやら、なぜか武具甲冑《ぶぐかっちゅう》などを眺める。

　ありすは丁寧に来歴の説明などを読んでいるが、俺にはやや眠い。ありすの説明を信じるならこれ、ぜんぶでっちあげに近いし——真剣に読む気が失せるというものだ。

　でも、ありすは何だか浮き浮きしていて、そんな彼女を見ているほうが楽しかった。

「たいへん興味深いです。コノハナサクヤヒメの酒づくりの神としての一面について、珍しい解釈をしています。この論文を作成した学者さんの名前は覚えておくべきですね」

「そりゃ良かった——ふあぁ、しかしまぁ。神社の維持とかに必要なんだろうけど、お金とるんならもうちょい、博物館とかじゃなくて若者の喜ぶものにすりゃいいのに」

「そういう神社もありますよ、萌えとか」

　ありすは珍妙なポーズをとって。

「猫の耳や尻尾をつけた巫女さんが、にゃ〜ん♪　みたいなの」

「うお、びっくりした」

　不意にお年頃の女の子らしい仕草と声で猫の鳴き真似などされたので、びびる。

「おまえ、そんな顔もできたんだな——何でいつもむっつりしてんの。もっと笑ったりしたほうがいいって、ぜったい」

「う〜む。普段あまりひとと接する機会がないと、表情をつくるのを忘れますね」

「学校とかに友達はいないの？」

「わたしの友達は、きみだけです」

その言葉に、どきん、とした。それは嬉しさというより、どことなく悔しさのようで——

俺は、自分のなかに生まれた気持ちに戸惑う。

彼女は、ずっと俺を友達だと思ってくれていたのだろうか。

なのに、俺はそれを忘れ、今はむしろ友達というよりも——カップルみたいだな、なんて思ってすこし浮かれていた。

何だか気まずくなり、博物館をでるまで、俺たちにそれ以上の会話はなかった。

外にでると、だいぶ日が暮れていて、帰り始める観光客が目立つようになっていた。

「おっ、何かやってるぞ」

すこし沈滞した空気を払拭《ふっしょく》したくて、俺は博物館のすぐそばのひとだかりを指さした。

どうも、絵馬を陳列しているところらしい。

何やらカップルや、女性がおおいみたいだ。いくらかお金を払って絵馬を購入し、ぶらさげるだけなのに、みんな夢中になっている。

ありすが耳を澄《す》ませて、納得顔になった。

「どうも、何かの雑誌で取りあげられたようですね。パワースポットだとかで、すごくご利益《りやく》があるようです」

「他人事みたいに言うなぁ、おまえもここの巫女だろ？」

「先ほども説明しましたが、神社の経営には関わっていませんから。天裏の巫女は、そうですね、必要だから保護されているだけです。神器や、神具のようなもの。あの博物館に陳列されていたものといっしょです、無用の長物《ちょうぶつ》です」

「そんなことないって」

たまにネガティブなやつだなぁ。

「ありすは俺を助けようとしてくれただろ。失敗したけど——誰にもできることじゃない、おまえは立派なやつだよ」

「生意気ですね」

ありすは表情をこ揺るぎもさせずに、絵馬のひとつを手にとった。

「春彦、この絵馬を書いていってもいいですか。わたしたちの抱えた問題の解決を、佐保姫さまに祈願します」

「いいんじゃないの、任せるよ。お金は半分払うからさ」

女の子ってこういうの好きなのかなぁ、と周りの参拝客を眺めてそう思った。ありすは頷き、置かれているマジックペンで、せっせと文字を紡《つむ》ぎ始めた。意外と可愛らしい、まるまるした文字である。

やっぱり女の子なんだ。

泥だらけで追い駆けっこしあった、幼いころから、俺たちはすこし変わってしまった。

「……よし♪」

やがて、時間をかけて絵馬を完成させ、ありすが背伸びして結びつける。満足げな彼女に、俺は歩み寄って問うた。

「何て書いたんだ？」

「秘密です。祈りは、見せびらかすものではありません」

「どれどれ――」

「春ちゃん⁉」

ありすの頭越しに絵馬を見てみる。すごい勢いで胸元を叩かれたが、べつに痛くない。

絵馬には、彼女らしいちいさな、自己主張のすくない文字で。

『春彦と幸せになれますように　ありす』

と書かれていた。

まぁ、ふたりで困難を克服し、幸せになろうってことで――。

間違っちゃいない気がするけど、不思議な感慨を残す一文だった。

6

その後も、ありすとそのへんを歩いたり、ベンチに座ってお花見の真似事をしたり。

それなりに、平和な時間をすごしたあと——。

陽がほぼ完全に落ちて、ほとんど誰もいなくなった。俺たちが子供のころは遅い時間にもあちこちに提灯がかけられ、明るかったけど。いちど火災になりかけたうえ電気代の節約とかで、街灯も消えてしまい、ほとんど真っ暗になる。

観光客は終電を逃す前に帰路につき、あるいはホテルに引っこんでしまう。

観光地の夜は、それを知らないものには想像もつかないぐらい、暗く静かで物寂しい。

宴のあとの、深閑《しんかん》とした空気のなか。

俺たちには見知った道だし、危うげなく巨大な桜の樹——佐保姫さまのもとまで移動した。

「さて本命です」

もう満喫しちゃった感じだが、そういえば桜の調査が俺たちの目的だった。

「だいぶ遅い時間ですが、おうちへ連絡しなくてもだいじょうぶなのですか？」

「さっき連絡いれといた。両親が海外出張中だから、妹の飯だけが問題だが——まぁ、あいつも赤ん坊じゃないんだし、カップラーメンぐらいつくれるだろ。急いで帰る必要はないんだ」

「春彦の妹さん……」

ありすは興味深そうに。

「きっと、可愛らしいのでしょうね」

「いや、最近はすっかり生意気になっちまってなぁ――まぁ、むかしからさほど愛想があるやつじゃなかったけど。おまえのほう、白兎もそんな感じ?」

「え? あぁ――」

意外なことを言われた、というように、ありすは目を丸くしてから。

「いえ、白兎はだいぶ変わりましたよ。ずいぶん、人間らしくなりました」

ごまかすように早口で言うと、ありすは桜を見あげる。

俺も、間近で咲き誇るそれを、じっと眺めた。

白い花びらは月光を反射し、自ら輝くようだ。事情を知らなくても、神々しさを感じていただろう――荘厳《そうごん》で、この世のものとは思えない。

「どうする?」

ありすに尋ねてみる。考えてみたら調査するとはいっても俺は素人だ、何をどうすりゃいいのかさっぱりである。

「巫女としては、迂闊《うかつ》に接触したくないのが本音です」

ありすが慎重に、桜との距離をはかりながら。

「神は清らかで、人間は穢《けが》れています。お互いに、相手を染めあげ、ときには壊してしまう。存在のありかたがちがいすぎます。それゆえに、人間は鳥居で神域を区切り、手水場《ちょうずば》で身を清め、直接ではなく玉串越しに神へと触れる」

そっと、桜の幹に手を伸ばして。

「とはいえ、踏みこまなくては何も変わりませんね……。まずは、わたしが試してみましょう。できれば霊的な施術を行い、春彦に過剰供給されている祝福だけでも止められたら――」

「気をつけろよ」

「ええ、だいじょうぶ――わたしはプロフェッショナルです」

それ、だいぶ信用ないんだけど。失敗つづきだし。とか言ったら怒りそうなので、言わないけど。

「では」

ありすが、そっと桜の幹に触れた――その瞬間だった。

暴風が吹いたように、白い花びらが大量に舞い散った。同時に、ありすが見えない何かに殴りつけられたように、後ろ向きによろめき、吹っ飛ぶ。

「ありす⁉」

咄嗟に俺は倒れてこんできたありすを抱きとめ、支える。ありすは目を白黒させ、ひどく痛むように両手を胸元に押し当てていた。

「ぐっ――けほっ、ぐうっ、けほけほっ」

咳きこんでいる。

「だいじょうぶか？」

「え、ええ……びっくりしました」

ありすは荒く呼吸していたが、俺を見あげ、よろめきながら自分の足でしっかり立った。

わずかな接触で、だいぶ消耗しているように見えた。

「どうやら、わたしに取り憑いている『ブル・フル』の住民を警戒し、桜が防衛反応を行ったようですね。拒絶され、弾かれました。当然でしょうね、ふつうの植物だって害虫を除ける、それが佐保姫さまならばもっと……」

「よし、今度は俺が試してみる」

ありすの『ブル・フル』住民に反応したというなら、俺ならだいじょうぶだろう。彼女のように霊的な調査が云々《うんぬん》は無理だが――俺が触ると同時にこの桜は開花した、何かが変わるかもしれない。

「春彦、勇敢ですね――ううん男の子ですね、お姉ちゃんは嬉しいです」

ありすが満足げで何かむかつくが、俺は唾を呑《の》んでから、桜に手を伸ばす。

「気をつけてください。何が起きるのか、正直わかりません」

おい、自称プロのひと、頼りねぇな。

「よし、いくぞ」

俺は意を決して、桜の幹に触れてみた。

瞬間である。

俺の全身が、燃えあがった。否、錯覚である。だが実際、油をかけられ火を点けられたようだった。肌が、髪が、内臓が、眼球の表面すらが、刹那《せつな》のうちに炙《あぶ》られていく。

同時に膨大な、もし魂や意思に質量があるなら、いきなり地球が落っこちてきたような途方もない物量感が――俺の心に直撃する。

それは狭い部屋に引きこもっていたのに、急に宇宙空間に放りこまれたような衝撃だった。

「うお――」

熱い、熱い⁉　身体中が燃える⁉

考えてみれば、俺の身体は『ブル・フル』の住民がいじくり、桜の祝福を過度に集めるようになっている。その供給源そのものの桜に直接触れれば、どうなる――？

考えるまでもなかった。

蛇口の壊れた水道水を直すために、ダムに行って、決壊させて――大氾濫《だいはんらん》を起こしたようなものだ。桁《けた》がちがう。俺の存在そのものが、焼き尽くされそうだ。

「いけない、手をはなして！　春ちゃん……!?」

ありすが俺の背中にしがみつき、必死に後ろに引っぱった。彼女の身体から冷たい波動が伝わるが、焼け石に水。俺たちは絡みあうように後ろ向きに倒れ、俺の指先が桜から遠ざかる。

「はぁっ……はぁっ――」

徐々に、鎮火《ちんか》するように――俺の身体にありすの冷気が混じり、落ちついてくる。

「ふぅう……」

荒く息をつき、火炙りの刑の直後みたいな俺を、ありすが強く抱きよせてくれる。その身体が心地よい。やわらかくて、いい匂いがして、ひんやりしている。

失神した彼女をあっためたときの逆だ。ほんとに俺たちは、互いがなくてはならないものになってしまった。

「調査、あるいはコミュニケーションをとるどころじゃありませんね」

ありすがしばし押し黙ったあと、悔しそうにつぶやいた。

「今のわたしたちじゃあ、佐保姫さまと接触するのは危険すぎます。わたしに、お母さまのような才能があれば……」

「あのさ、ひとつ思ったんだけど」

俺はめげそうな気持ちをねじ伏せるため、思いついたことを言ってみる。

「このまま、おまえに冷やされたまま俺が桜に触れてみるってどうかな。水をかぶって火事場に突入するみたいに、短い間ならあの熱にも耐えられるかもしれん」

「一理ありますね」

ありすが真顔で頷いた。えっ、マジで。

「やってみましょう、今は何でも試してみるべきです」

「お、おう――」

自分で言ったのにやや怯むが、えぇい、こうなりゃ自棄《やけ》っぱちだ。

必殺技を撃つかのように、ふたり手を重ね、背後からありすに密着されたまま桜に向きあう。しかし、こういう状況でどうかと思うけど――ありす、自分の身体が思春期の男に与える影響力をまったく自覚してないらしい。おおきな胸が俺の背中に押しつけられてるよ⁉　集中できない……！

「行きますよ、せーのっ！」

ありすの号令とともに、ままよ、と俺は桜の幹に触れて――。

吹っ飛んだ。

「きゃーっ⁉」「ひいいいいっ⁉」

仰向けに、ありすを押しつぶすように倒れ、目を回しかける。

爆破でもされたみたいに、桜の幹が震え、大量の花びらが落ちてくる。俺はやはりすごい熱量に襲われ悶《もだ》え苦しみ、ありすが必死にそんな俺を抱きよせて冷気をくれる。

「あれだ、水をかぶって火事場に突入、どころじゃない――太陽に突入って感じだ」

「すみません、『ブル・フル』の住民と佐保姫さまの本体じゃあちからの差がありすぎて、わたしの冷気ぐらいじゃ焼け石に水みたいです。おっかしいなぁ、いけると思ったんですけど――逆になんか中途はんぱに刺激して、弾かれちゃったみたいです」

「あ、ああ……こいつは危険すぎる、他の解決方法を探そう」

血の気を失って抱きあい、震えあがる俺たちに、呆れるように白い花びらが遅れて一枚、ひらひらと――間が抜けた感じに地面に落ちた。

7

翌日。

ふつうの調査では、限界がある。

俺たちが巻きこまれているのは、混じりっけなしの怪奇現象だ。もしかしたら、いずれ科学がもっと発達すれば事細かに解明されるたぐいのことなのかもしれないが――それを悠長に待ってはいられない。

虎穴《こけつ》に入《い》らずんば虎児《こじ》を得ず、というほど勇ましくもないが。他に手がかりもないので、俺たちは例の『冬の世界』——天裏神宮の奇妙な空間を調査することにした。

ただ、今回にかぎってはありすが断固として反対した。

「無謀です」

淡々とした、けれど有無を言わせぬ口調である。

ちなみに俺らがいるのは天裏神宮の居住区、以前に料理をだされた広間だ。お菓子やら茶やらをつまみつつ、今後の方策を練っている。

「あそこは本来、禁域——不可侵の領域なのですよ？　先日の『お祓い』のときは特別でした。お母さまも『ブル・フル』に触れる儀式を行うときはあの場で行っていましたので、それを遵守《じゅんしゅ》しただけです。特例だったのです」

怖い顔をして。

「きみ、自分の立場をわかってるのですか？　佐保姫さまに守護されているきみは冷たい異界『ブル・フル』の住民にとって極上の餌《えさ》——自ら罠《わな》に飛びこむようなものです。危険すぎます。せめて、調べるならわたしひとりで……」

「気をつけるから、大丈夫だって。おまえ、ひとりで行動してまたぶっ倒れたらどうすんだ？　俺がいれば、その場であっためてやることもできる——ちょっとは役に立つぞ？」

「自分を過大評価しすぎです。きみなど、右往左往《うおうさおう》して邪魔になるだけです」

「そんな言いかたねぇだろ、おまえだって失敗しまくりのくせに！」

「何ですってぇ、春彦——聞き分けがないとお尻ぺんぺんですよ！」

「まぁまぁ」

横で見ていた白兎が、呆れたようにぼやいた。

「他にそんなに手がかりがないのも事実だろ。まぁ危険だけどさ——もしものときは、俺がどうにかすっから。姉ちゃんも、そう頭ごなしに怒るなよ」

いや『なんとかする』って、おまえに何ができんの。

と俺は思ったけれど。

「白兎がそう言うなら——」

などと、ありすが意外にも頷いたのだった。

白兎の言うことなら素直に聞くんだな、と思うと自分でもわけのわからない胸の痛みをおぼえたが、何だろうか。

「…………」

むくれた俺を、ありすが不安そうに見ていたけれど、俺はそれに気づかなかった。

8

鎮守《ちんじゅ》の森のなかにある、白い砂利が敷きつめられた小径《こみち》。

まったく人気《ひとけ》がないそこを進んでいる。白兎は『もしものときは、俺が何とかする』とか言ってたくせにふらりと姿を消してしまい、俺とありすのふたりきりだ。

古びた鳥居の前で立ちどまり、ありすは心配そうに俺を見る。

「再三になりますが、気をつけてくださいね」

無表情のまま。

「きみは素人ですし、難しいかもしれませんが、何か異状を感じたらすぐわたしに言うように。いざとなれば、わたしを置き去りにしてでも逃げてください」

その言葉に、どきりとする。

脳裏に、久しぶりにあの情景がフラッシュバックする。

血まみれの彼女を置き去りにして、逃げてしまった、間抜けな自分——。

二度と、あんな醜態を晒《さら》したくないけれど。

「行きますよ」

ありすの姿が消え、遅れて俺も彼女を追って一歩を踏みだす。

瞬間、景色が切り替わった。

「うっ——」

寒い。

佐保姫さまの加護を貫通する、途方もない冷気。ありすの身体に触れたときとはちがう、内臓まで凍てつくような……。景色は相変わらずの、のっぺりした地平線と鉱物みたいな樹木、不気味に咲くアマリリス、掘っ立て小屋がいくつか――といったところだが、吹雪いているので視界は曖昧だ。

「な、何かすごい天気悪いんだけど」

「そうですね、わたしもこのような悪天候の『ブル・フル』は初めてです――たぶん、きみのなかの佐保姫さまのちからに反応しているのでしょう。今度こそ逃がさず、捕まえて貪《むさぼ》り食おうと、息巻いているのでは」

ありすは怖いことを言いながら、俺の指先をきゅっと握った。

「冷たくて嫌かもしれませんが、はぐれないように。ここで迷子になられたら、さすがにどうしようもありませんので。ここが、わたしたちの常識の通用しない異界であることを忘れないように」

「わかってる」

怖かったし、自分の覚悟が甘かったことをすでに痛感しているが、弱音は吐かない。

それは、あまりにも格好悪い。

俺は平気な顔をしながら、気を紛《まぎ》らわすために会話をつづけた。

「そもそも、まだ理解できないんだけど――『ブル・フル』ってのはいったい何なんだ？前にも説明されたけど、まだよくわかんない」

「難しい質問ですね。わたしたち天裏の巫女すら、彼らのことを完全に理解しているとは言えません。かつて科学者たちがよくわからないなりに物理法則を利用して産業革命を起こしたように、便利だから扱っているだけで、それが何なのかははっきりしないのです。おおくの宗教家と同じように、神さまとして祀《まつ》りあげ、敬《うやま》うことで名状しがたきものと接している――」

「神さまなのか？」

「古代は、そう信じられていました。けれど、『ブル・フル』の住民が自ら神と名乗ったわけではなく、わたしたちが勝手にそう扱っているだけです。正確にいえば、この地球に存在している――いまだわたしたちが理解できていない奇妙な生物、といったところです」

ありすは淡々と。

「存在のありかたが我々とはおおきく異なっているので、科学者たちはいまだ彼らに気づいてすらいません。このような異界、彼らの巣穴があることすら。父はこのことを広く知らしめるべきだと言い、母はあくまで巫女の職務に忠実で、それに反対していました」

彼女自身の意見はどちら側なのだろう、と思ったけど。

とりあえず深く追及せずに、黙って話のつづきを聞く。

「まず前提として、この宇宙では熱力学の第二法則によって常にエントロピーが増大しています。エントロピーはわかりますか？」

わかるわけがなかった。

「まぁ、簡単にいうと宇宙が常に混沌《こんとん》した方向へ進んでいく、という現象を数値化したものです。原始の宇宙が整理整頓されたきれいな部屋だとしたら、そこで住民が暮らしていたらどうなりますか？　壁紙は劣化し、床にはゴミがまきちらされ、箪笥《たんす》の引きだしは開きっぱなし——片付けるものがいなければ、室内はどんどん散らかっていく。混沌としていく。つまり、エントロピーが増大していきます」

ありす、心なしか活き活きした表情をしている気がする。こういう難しげなことを喋るのが好きなんだろうなぁ……。

「これが限界になると、住民が暮らすことのできない乱れきった部屋になる——傷だらけになった宇宙は熱力学的限界を迎え、崩壊するのです。いわゆる、カタストロフィです」

たぶん、おおざっぱに説明してくれてるんだろうけど。実感しづらい。

「おおくの宗教で終末論が囁かれ、人々はこの世を混乱させぬように、清廉潔白に生きるように、つまりエントロピーが増大しないように戒《いまし》められる。物理法則的に見れば、たいへん理に適《かな》っています。あらゆる悪徳や善行を背負って来世へとおもむく、いわゆる輪廻《りんね》転生も、何もかも蓄積されるだけで消滅することはないという熱力学第二法則において」

「ありす、ありす」

話が盛大に逸れてきた気がしたので、勘弁してください、という顔をしたらありすは「むうっ」と不満そうな顔をしつつも。

「いわゆる『ブル・フル』の住民――冷たい異界の住民は、そうしたエントロピー理論におけるマクスウェルの悪魔といえます。マクスウェルの悪魔とは、先ほどの喩《たと》えでいうならば部屋の片付けをする存在。混沌とした世界を整理整頓し、膨張した熱を冷ましていく、マイナスの方向性をもつ存在なのです」

目を輝かせて語ってくれる。

「本来なら、マクスウェルの悪魔は存在しえない。ほとんど空想上の存在です。けれど、『ブル・フル』は実在し、わたしたち天裏の巫女は彼らをある程度なら制御する方法を見いだしました。この熱しつづけられる宇宙の寿命を延ばすために、わたしたちは彼らを利用しています」

途方もない話だった。

「もちろん、『ブル・フル』の住民に宇宙を救済したいという慈悲の心があるわけではないのです。彼らは、人類を栄養源としか思っていない。災害のようなもの。制御できれば、台風を風力発電にしたように、恩恵を得られますけど」

失敗すれば、ありすのようになる、ということだ。

彼らは宇宙の救世主かもしれないが、人類の友達ではないのだ。

同時に、俺はありすが心配になる。止めどなく語られた言葉は、きっと彼女が必死になって勉強した事実なのだろう。使命に、責務に縛られ、笑いかたすら忘れてしまったありす——まだ高校生の女の子なのに、宇宙の命運だなんて！

「そういえば、おまえの他に——その天裏の巫女、とかいうのはいないのか？」

もっと経験を積んだ巫女がいるなら、治療を頼むべきなのだ、俺たちの。

「いいえ、わたしだけです」

ありすは哀しそうに項垂《うなだ》れた。

「お母さまがいれば、こんなふうに、きみに迷惑をかけることもなかったのに。未熟なわたししかいなくて、春彦、ごめんなさいね——」

「そんなことない、おまえはがんばってるよ」

俺は慌てて言い添えたが、ありすのちいさな背中は遠く、返ってきた声も冷え冷えとしていた。

「それよりも、周りを注意して見ていなさい。何が起きるかわかりませんからね」

吹雪のなか、手を繋《つな》ぎながら歩いたけど、心の距離はずっと遠かった。

辿りついた小屋のなかは以前にきたときと変わらず、時間が凍結されているみたいだ。

不可思議な祭壇と、並んだ神具、神器。あちこちに汚れや破損がある。よく見ると床や壁は石造りで頑丈そうだが、周りは吹雪なのでかなり冷える。

それでも直接肌に雪のつぶが当たらないだけで、だいぶ一息つけた。

「ふう……」

「かな、り、やばかった、です」

歯の根も噛みあわぬような様子で、ありすが倒れこむように床に座りこんだ。頬が真っ白で、身体が間断《かんだん》なく震えている。

「失礼して、火を――」

部屋の隅っこにある竈《かまど》に、薪《まき》を積んで、ありすは持参したらしい点火装置をカチカチといじくっていたが。

「だめですね、薪が湿気《しけ》っててうまく火が点きません……ううっ」

落胆し、自分を抱きしめて蹲《うずくま》ってしまう。

「お母さまの時代には、この場所もきちんと維持管理されていたのですが。わたしひとりでは、手が回りませんでした。すみません、春彦――寒いでしょう？」

「俺よりおまえが心配だよ、ほんとに」

俺は佐保姫さまの加護のおかげで、身体が内部からあったまっている。けれど、ありすはその逆だ。氷風呂につかった直後に、氷河に放りだされたようなものだ。

それはわかっていたはずなのに、無理にここにきたいと主張した、これは俺の責任だ。

「聞いていいかわかんないけど、おまえのお母さんはどうして……？」

そのひとが生きていれば、ありすがこんな重荷を背負う必要はなかったのに。

「病で亡くなりました。天裏の巫女は代々、神や悪魔のような『ブル・フル』の住民と接する機会がおおいせいか、身体を冷気に蝕《むしば》まれ、短命になるようです」

ありすも、気丈に振る舞ってはいるが、華奢で弱々しい。

「何ですか？」

じっと見ていると不満そうな顔で、たぶん強がりで、ありすが睨んでくる。

「心配しなくても、わたしは大丈夫です」

ありすは周りを精査し、俺も彼女を気にしながらも、壁などを調べた。とはいえ、専門知識のない俺には、やっぱり何もわからない。

不甲斐なくて、悔しくなる。これじゃあ、ありすを無駄に苦しめてるだけだ。

「成る程」

ありすは部屋の四方に立つ神像を検査し、頷く。

「光明が見えてきました。ここは、佐保姫さまの支配が及ばぬ冷たい異界の入口——ここで、きみの身体に取り憑いていた『ブル・フル』の住民を追いだしたので、あったかいものを求めた彼らに、わたし自身が襲われてしまったのです」

あの失敗を検証し、もう二度と繰りかえさないように、ありすは思案している。

あれは俺から『ブル・フル』の住民を追いだすことに集中しすぎて、自分をおろそかにした、ありすらしい間違いだったようだ。医者の不養生《ふようじょう》というか、何というか。

「たとえば今、わたしの身体から『ブル・フル』の住民を追いだせば、きみの身体に避難されてしまうだけ。そういった逃げ場をなくしつつ、再びわたしの身体に彼らが戻ってこないよう防御すれば、正しく『お祓《はら》い』ができます。わたしは、解放されるでしょう」

「おぉ、良さそうじゃん」

すくなくとも、ありすはそれで解放される。

俺のことはまぁ、あとで考えればいい。

「ですが、難しいでしょうね――きみの場合とちがって、いまの彼らは自分たちを祓おうとしたわたしを憎悪し、その生命の根幹にしがみついて呪詛《じゅそ》を吐きつづけています。無理やり引きはがすのは、危険です。同化したわたしの魂ごと、引きちぎられてしまうかも。彼らが自分の意思で出て行きたい、と望めばべつですが……」

ありすは夢中で、思索《しさく》にふけっている。

「あるいは、白兎に頼めば――いえ、肉をもつ彼はやはり『ブル・フル』の住民の避難場所にされるだけかもしれません。そもそも、白兎を根本的なところで信用はできない……」

何やらわからんことをぶつぶつ言っていた彼女が、不意によろめいて。

「ううっ」

その場に両手をつき、荒く息を吐きはじめた。

やっぱり、この冷え冷えとした異界は酷く彼女を蝕むようだ。

「だいじょうぶか？」

「ちょっと、まずいかもしれません――佐保姫さまの加護がないぶん、身体のなかにいる彼らも活発で……。何とか、抑えてますけど。苦しい、です」

「待ってろ、火を点けてみる」

ありすから点火装置を借りて、薪に向きあう。

湿気ってるのを取り除き、薪を櫓《やぐら》状に組む。その内部に、ポケットのなかのごみとか、制服に入っていた生徒手帳とか、ハンカチとかをいれて燃やす。

かんたんに火が点いた。

あとは、これが薪に引火してくれれば――。

やがて、ぶすぶすと薪から黒い煙があがり、静かに燃え始めた。

「ふうっ」

やればできるもんだ。

「ありす、こい。火が点いたぞ、ほら」

「春ちゃん」

ありすが顔をあげ、無表情ながら、両目をきらきらさせた。

楚々《そそ》と薪に近づき、両手をかざして、暖を取っている彼女。すぐそばで寄り添い、俺はほんのちょっと安堵した。俺にも、できることがすこしでもある。

「ごめんな、こんなことしかできなくて」

この場所にこようと言ったのは俺だ、ありすが苦しんでるのは俺のせいだ。今さら、こんなちっぽけな焚《た》き火をひとつつくったところで、挽回できるものでもない。

「ううん」

ありすは、ちいさく微笑んだ。

「きみは、わたしに――たくさん、たくさん、いろんなことをしてくれている。あなたが自分で思っているよりも、たくさんです」

「ちがう、俺は……」

「春ちゃん」

ありすが、ゆるやかに両手を広げた。

俺の弱音も不安も何もかも、消し飛ばすように。

「悩まないで。きみには、似合わないです。きみはいつだって、わたしの憧れた、春そのもの。あったかいひと――だから、おいで。お姉ちゃんが、ぎゅうって抱きしめてあげる。怖いもの、嫌なものぜんぶから、守ってあげる」

「おい、子供じゃないんだから」

「子供です。きみは、むかしと変わらないです」

それもどうかと思うけど、抵抗する間もなく、ありすに抱きよせられた。彼女の胸元に導かれ、親が子にするように、抱擁《ほうよう》される。

世界のすべてが、ありすに包まれる。

氷のように冷たい彼女に、俺の体温が染みこんでいく。

「おまえこそ、むかしと変わら――」

言いかけて、あきらかに子供のころにはなかった、彼女の胸元のすさまじい肉感に、何も言えなくなる俺だった。くそう、身体ばっかり成長しやがって……。

心のなかみは、あのころの、寂しがり屋のちいさな巫女さんのままだろうに。

出会ったころ、一日中遊びまわって、疲れて寝っ転がって、野生の動物みたいに――ふたりで寄り添って昼寝した。

あのころの、あったかさを。

俺たちのあいだに、取り戻したかった。

「わたしの、かわいい、かわいい、かわいい、春ちゃん――」

ありすは満足そうだったけれど。

吹雪がましになったころを見計らって、無事に元の世界に帰れた俺たちだけど――あきらかに、その日からありすの体調は悪くなった……。

9

あっという間に、一週間ちょっとが経過した。

とりあえず、俺たちは思いついた方法を片っ端から試すことにしていた。

根本的な解決方法はいまだに見いだせないが、症状を緩和する――いわゆる対症療法を実行してみるのは無駄になるまい。

手をこまねいてるうちに、身体を蝕まれるよりはずっといい。

「まぁ、三人寄れば文殊《もんじゅ》の知恵ともいいますしね」

ありすは納得しているようだが、俺にとって疑問なのは。

「何でウチなんだよ――」

俺、ありす、白兎の三人は、なぜか俺の自宅の玄関前にいた。

ありすは、いつもながらの無表情だ。

「我が家でもよかったのですが、天裏神宮は霊的に特別な地域ですから――佐保姫さまにも『ブル・フル』にも近いですし、どんな影響があるかわかりませんので。……けして春ちゃんのお宅訪問をしてみたいなんて個人的な欲求があったりはしないのですよ？」

「まぁいいけど……、何で白兎も一緒なんだよ」

「ん？　姉ちゃんとふたりっきりのほうが良かったか？」

その言葉に、なぜかありすが挙動不審になるなか、白兎は微笑む。

「だいじょうぶ、わかってる――俺が姉ちゃんを引き留めてるうちに、部屋のなかのエロ本を隠すんだ春彦。ここは俺に任せて先に行け！」

「い、いけません白兎。わたしは春彦のお姉ちゃんとして、この子にどんな性的嗜好があるのか調査する必要があります。隠してはいけません」

「おまえは俺のお姉ちゃんじゃねぇ、あとエロ本なんてない！」

実はいちど所持していたことがあるのだけど。ある日、不意に隠し場所からなくなっていて怖くなって、二度と手をだしていない。

堅物《かたぶつ》の両親とか桃子に見つかって取りあげられたのか、あるいは妹の仕業だろうか……。あいつ、意外と耳年増だしなぁ。

と考えて、思いだした。

「あ、ごめん。そう言ったけど、やっぱすこし待っててくれるか？」

「やっぱり、春ちゃん――だめですよ。えっちな本は十八歳未満の子は買っちゃいけないんですよ、……めっ☆」

おでこコツンってされたが、ちげぇよ。そうじゃなくて――。

「何を騒いでるの？」

玄関の扉を開いて、妹の咲耶《さくや》が顔をだしていた。

学校から帰ってソッコ寝てたのか、あるいはサボったのか、眠そうな顔である。

「あぁ、白いやつ——と、……!?」

白兎を失礼な呼びかたしてから、咲耶はありすに視線を向けて、目を丸くする。

「は、ハルが桃ちゃん以外の女のひとをつれてきた……て、天変地異の前触れだ！　ひ、ひ、避難袋を……っ!?」

「何ですかこの、可愛らしい生き物は」

ありすが無表情のまま、ずいっ、と咲耶に顔を近づけた。

「触ってもよいですか？　ハァハァこれは春彦のお姉ちゃんとして確かめる義務があります——抱き心地とか、ハァハァハァハァ」

ハァハァ言ってる!?

「びくん」

びくんてして、小動物みたいに咲耶が危機を感じとり、ダッシュで逃げた。ありすが問答無用で扉を開き、すごい勢いで追いかける。

「きゃーっ!?」

咲耶はそのまま自分の部屋まで避難したものの、ありすは靴を乱暴に脱ぎ、ターミネーターのように追撃。妹の部屋の前まで移動すると扉を開けようとしたが、鍵がかかっている。

「開けなさい。そしてギュッてさせなさい。だいじょうぶ、二、三時間で済みますから。むかしの春彦に似ているあなたの感触とかにおいとかを調査する必要がありますから」

「意味わかんないしーっ！　つうか、ハルとなんて似てないもんーっ⁉」

「ココヲ開ケナサイ〜アナタノオ母サンデスヨ〜（声色）」

「え、ママ？　帰ってきたの、いまね何か変な女が——うぎゃぁあああ⁉」

アホな妹が騙《だま》されて、まんまと餌食《えじき》になってるが、まぁいいや……。

人間嫌いな妹に、ありすたちのことを伝えておかないとあとで文句を言われるかとも思ったのだけど。そんな気遣《きづか》いをする前に、呆気《あっけ》なく自爆しやがった。もう俺にはどうすることもできない……さらばだ妹よ、成仏《じょうぶつ》してくれ。

「とりあえず、俺の部屋へ行っててくれるか？　俺は茶でも準備してるから——あと、可能ならありすを妹から引っぺがしておいてくれる？」

「了解、ったく仕方ねぇな俺の姉ちゃんは」

苦笑いしながらも、白兎は何だか羨ましそうに、騒がしい俺の妹の部屋を眺めていた。

飲み物を用意した。

今日はやや肌寒いぐらいなので（おかげで、俺には過ごしやすい）、あったかい飲み物を用意した。自分用には、氷いっぱいの麦茶を。

ついでにお菓子なんかも添えたお盆を運びつつ、ついでに咲耶の部屋を覗くと。

「うっ……ううっ——汚れちゃった……あたしもうお嫁にいけない——」

などと布団を頭からかぶって、うちの妹がガクガクブルブルしていた。

見なかったことにした。

「お待たせ〜、って何してんだおまえら」

自分の部屋へ戻ると、ありすと白兎が仲良くしゃがみこみ、ベッドの下を探っていた。

「いいや、姉ちゃんはわかってないね。思春期の男は親とかに見られたら恥ずかしいからエロ本は隠す、でも毎日のように見るから取りだしやすいこのへんに置いておくね」

「春彦はそんな卑怯《ひきょう》者じゃありません。男らしいところもありますから、本棚とかに堂々と置いておくはずです」

「君たち」

かなり失礼な論議を戦わせているふたりに、やんわり声をかける。ひとの部屋を漁《あさ》んな。

「てきとうに座っといてくれ」

「ほいよ」

白兎は俺の家にきたときの定位置、パソコンデスクの前に腰かけて、勝手にインターネットを始めてしまう。ありすはすこし迷ってから、ベッドに「とすん」と腰かけた。

「春ちゃんの寝床……春ちゃんのにおい……」

そして無表情のまま寝ころぶと、布団をかぶってごろごろしていた。この姉弟、ひとんちで自由すぎんだろ。

「勘違いしないでください、冷えた身体をあったためているのです――他意はありません」

ありすが真顔で断言したが、今日のこいつは変なテンションだなぁ……。

「ともあれ」

白兎がてきとうに。

「見たところ、春彦はそんなに体調が悪そうでもないな」

「佐保姫さまが与えているのは、基本的に『加護』であり『祝福』ですからね。それが過剰すぎて脆《もろ》い人体が悲鳴をあげているだけで、基本的に善意から発しているものですから、さほど悪影響はないのでしょう」

ありすの言に、俺は頷く。

「まぁ、放置していいものじゃないだろうけど」

「そうですね――厄介なことに、『祝福』はきみの周りにも影響を及ぼします。幸せな、楽しい気分にさせるのです。増大した『祝福』がどのような効果をもたらすかは読めませんが、ひとの心をいたずらに乱すのは、きみも本意ではないでしょう」

格好よさげなことを言っているが、布団にくるまったままなので台無しです、お姉ちゃん。

「ま～。今んとこ、ふたりが触れあってれば症状が緩和されるっぽいけどな」

白兎が、にやりと笑って。

「だから、おまえらもっと密着しろよ——命がかかってるんだ、照れてる場合じゃないだろ」

「でも」

ありすが、布団から顔だけだして、もじもじする。

「迷惑でしょう。春彦には、わたしのようなのと付きあってるとか噂《うわさ》されたりしたら……。意中の相手もいたかもですし、あるいは恋人とか——」

「いないよ、べつに。そういうのは」

桃子や妹以外の異性とは、ほとんど話もしない高校生活だったんだよ。

「それに、迷惑なんかじゃないってば。ありすは、俺を助けてくれようとしたんだろ」

「けれど、失敗しました」

「いや、あのままだと俺は死んでたかもしれない——感謝してるんだ、すっごく。もっと、自信もってもいいと思うよ」

「春……ちゃん……」

そっと手を差しのべて、ありすが俺の腕に触れる。

ひんやりしていて、恐ろしい。

生命活動をしていない、マネキンみたいだ。

「ま、深刻になりすぎんなよ——だいじょうぶ、何とかなるって」

気楽な白兎が、胸を張って。

「俺に考えがあるんだ、任せておけ。安心しろ、俺は近所のカードゲームショップでは『純白の策士』の二つ名で呼ばれている男だ」

「カードゲームショップでの称号が何の役に立つの」

「あらゆる局面で最善の一手を打てる、ってことだよ」

片目を瞑って自信満々な顔をされたが、むかつく。

「とりあえず、今日はおまえらの症状を緩和するのに最適なドリンクをつくってきた」

むしろ不安になるぐらいのイイ笑顔で、白兎が学校指定の鞄から二本の水筒を取りだした。それぞれ『姉』『友』とラベルが貼られている。

「要するに体温が上昇しすぎたり低下しすぎたりすると、人体はいろんな機能不全を起こすわけだ。風邪をひく、免疫力が低下する、思考能力がなくなる、内臓が働かなくなる……その他もろもろ、な」

そう、問題なのは体温だ。

「体温を左右するには、たとえば抱きしめるとかの、外から影響を与える方法と。内服液を飲んで、内側からどうにかする方法がある。人類の科学は偉大だぞ——低体温症とか、逆に高熱とかに効く薬が、ちゃぁんと薬局に売ってた」

自信満々だった。

「そういった薬やら、栄養ドリンクやら俺が考え抜いたおまえらの体調を改良できそうなものを混ぜあわせたカクテルがこれだ！　味は保証しないけど、たぶん効果はあると思う！」

たぶんて。

まぁ、ふだんは軽薄そのものだけど、白兎は意外と窮地《きゅうち》では役に立つ男だしな。さすがに、命が関わっているこの局面でふざけたりはしないだろ。

信じてもいいと思うけど、白兎もわりと親切というか物好きだなぁ——姉や友達の俺がピンチとはいえ、本人には関係ないだろうに。

「そんなことねぇよ。俺にとっても、他人事じゃないんだ」

白兎がニヤリと笑って言った。……あれ、いま俺は声にだしたか？

「でも、だいじょうぶかこのドリンク——すごい色してるんだけど」

飲み終えた麦茶のコップに『友』と書かれたほうの水筒から中身を注いだが、ドドメ色というか、口にいれていい液体な気がしない。

「白兎が用意したものなら、間違いはないでしょう」

ありすの、その弟への信用度の高さは何なの。弱みでも握られてるの。

「じゃあ、えっと、とりあえず――」

親友への疑いが消せずに、俺は引きだしからトランプを取りだして。

「ババ抜きで負けたやつが、最初に飲むことにしよう」

「罰ゲーム扱い⁉」

「おまえが負けたらおまえが飲めよ、死ななかったら俺も飲むから」

「馬鹿言え！　こんなもん口にいれてたまるか！」

「おい、そんなヤバげなものを俺たちに摂取《せっしゅ》させようとしたのか？」

「あ、いや――えっと」

「よいではありませんか。春彦と遊ぶのは、嫌いではありません」

白兎とやりあってると、意外とありすが乗ってきた。

「けれど、ばばぬき、とは何ですか？」

俺と白兎は顔を見あわせる。

「マジで……」「姉ちゃんって……」

「あっ、わたしを世間知らずだと思っていますね――トランプは知っていますよ？」

得意げに言われたが、まぁいいや……。

ババ抜きのルールをかんたんに説明してやると、ありすは「ふんふん」と頷きながら聞いて、えらく感心した。

「そのような用途もあるのですね、トランプには」

いや、代表的な使い道だと思うんだけど。

「わたしが知っているのは——こういう、占いとかですね」

ありすは俺からトランプを取ると、いくらか抜き取ったあと、床に円状に並べた。ちいさい円と、おおきい円。

「『ソロモンの指輪』といいます。ソロモンとは聖書やシェイクスピアの戯曲に登場する、七十二柱の悪魔を使役《しえき》したという伝説の——」

何かが始まってしまった。

あぁ、ありすにとってトランプって占いグッズの扱いなんだな——基本的に、オカルト畑のひとである。巫女だし。

「春彦、好きなカードを一枚選んでください」

じっと、なぜかものすごい眼力で見据えられてしまう。

な、何だよ……。

圧力に負けて、俺は言われたとおりに、てきとうに一枚を選んで表向きにした。

ハートの9だ。

「ふむ、これの意味は――」

ありすは、興味深そうに宣った。

「『近いうちに、赤ちゃんが生まれるでしょう』ですね」

「ねぇよ！」

全力で叫ぶ。何がどう展開したら俺に赤ちゃんができるんだ。

「まぁ、いいからババ抜きしよう……」

時間を無駄にしたので、とりあえず話を戻してみる。

さくさくとカードを配り、三人でプレイ。ババ抜きなんかで今さら盛りあがれるはずもない、と思っていたけど。白兎はいちいちリアクションがでかいし、ありすも思いの外に真剣だったりして楽しかった。

あっという間に決着する。

「負けました……」

手元に一枚残ったジョーカーを眺めて、ありすが下唇を噛む。

こいつ、無表情だからトランプ強いかと思わせておいて、こっちがジョーカーに触れると露骨に「びくんっ」てするし、ポーカーフェイスとはちがっていた。

「じゃあ、負けた姉ちゃんは罰ゲームな！」

白兎がびしりと姉を指さしたが、おい、自分でも罰ゲームって言ってるじゃねぇか。

「べつに構いませんよ」

ありすは水筒のコップに『姉』と書かれたほうから中身を注ぎ、くいっ、と簡単にあけてしまった。くちびるを、舌でぺろりと舐める。

「もう一杯」

今度はなみなみと注ぎ、くっくっく、と喉を鳴らして飲み始めた。

「お、おい——大丈夫なのか？　白兎おまえ、あれのなかにどんなものいれたんだ？」

「え？　体温をあげるためのものだから、トウガラシとか、ウォッカとか、ショウガとか、あとマムシドリンクとかスッポンとかガラナチョコとかだけど」

「うおい、吐きだせありす！　刺激物のかたまりだぞ、血圧あがりすぎて死ぬぞ！」

「……？　……？」

ありすの肩を揺さぶったが、彼女はすでに大量に飲み干したあとで、いつもの無表情でけろりとしていた。


「ようし、次だ！」

白兎が元気よく宣言する。

「………」

ありすは見たところ異状がなさそうだったので、とりあえず放置してるが、ほんとに大丈夫かな。なんか、びみょうにフラフラしてる気がする。

ちなみに、俺は勇気がなくて口にできなかった……。

三人で自宅の廊下を進み、狭い洗面所のなかで顔をつきあわせる。

「今度は風呂だ！　さっきはドリンクで内側から体温を変化させたけど、今度は外からってことだ！　サウナとかがあればいいんだけど、さすがに一般のご家庭にはないかな？」

「美凪《みなぎ》のあたりまで行けば、スーパー銭湯とかあるんだろうけどな」

美凪はお洒落な賑わった区域で、すこし遠いが、気合をいれて遊びたいときなどに俺たちも利用する。

「まぁ、いつか行ってみてもいいけどな、そういう銭湯とかにも。とりあえず、今日は春彦んちで試してみよう。俺んちでもいいんだけど——天然の温泉だからなぁ、温度の調節がしにくいんだよ」

「そうだろうな」

白兎んちの立派なお風呂を思いだして、同時にそこで目撃したありすのはだかまで思いだしてしまい、俺は赤面する。

「どうしました？」

ありすが、怪訝そうに小首を傾げた。

しかし、やっぱりこいつ、ぼうっとしてるし――ほんとに平気なのかな？

「ひとまず、風呂を沸かすけど。温度はどのぐらいにする？　まぁ俺よりもありすのほうが緊急性が高いから、身体をあっためる方向で考えてるけど」

佐保姫さまとちがって、『ブル・フル』の住民には悪意があるはずだ。ありすは、身体を蝕まれ、呪われ、攻撃されている最中なのだ。

「でも、家庭用だと温度の上限があるな――」

さすがに、沸騰《ふっとう》するような温度にはできないみたいだ。限界まで引きあげてみたが、どのぐらい効果があるかわからない。

「ん～、じゃあ。おまえも一緒に入れれば、春彦？」

「おまえは何を言ってるんだ」

「ふたりぐらいなら入れるだろ、けっこう広いし。おまえが一緒なら際限なくお湯の温度はあがっていくから。おまえはお湯や姉ちゃんに体温を奪われる、姉ちゃんはあったまる、一石二鳥じゃん」

「白兎が言うなら、仕方ありませんね」

ありすがとろんとした目つきで、その場で制服のリボンをしゅるりと解いた。そのままシャツのボタンをぷちぷちと外し始める。

「うおぉい、俺らがいるのに脱ぐな⁉」

「あ、水着は用意しといたから——ほい、姉ちゃんのぶん」

「ありがと、ございましゅ……白兎さま——」

ふわふわした口調で応えて（白兎『さま』？）、ありすが水着を受けとり、脱衣を始める。俺は白兎を引きずって慌ててでると、親友の無駄に整った横顔を睨みつけた。

「おい、大丈夫かありすのやつ——何かラリってるような気がすんだけど」

「う〜ん。姉ちゃん、ふだんから精進《しょうじん》料理みたいなのばっかり食べてるからな。『巫女としては当然です』とか言って。さっきのドリンクにはアルコール度数が高いウォッカとか混ぜたから、すごい酔っぱらってるのかも」

そもそも未成年の飲酒は法律で禁じられてるんだが、どっからウォッカなんて手にいれてきやがった。一気飲みしたら死ぬような代物だぞ。

「あれじゃあ姉ちゃん、溺れたりしそうだ——頼むよ、一緒に入って見ててやってくれ」

「それもそうだな、まぁ水着なら……」

「ちなみに、おまえの水着もちゃぁんと用意してるぞ！」

「その準備のよさが気持ち悪い」

「サイズはぴったりのはずだ！」

「何で俺のサイズを知ってる、マジきもい」

とりあえず白兎を蹴りつけて遠ざけると（同性とはいえ、着替えを見られるのは心地よくはない）俺は水着になる。ほんとにサイズぴったりなんだけど……。

「ありす～？」

いちおうノックしてみたが、返事はない。また事故が起こりませんようにと祈りながら、そっと扉を開くと。

「んあ、春ひゃん」

あきらかにヤバそうな様子のありすが、水着姿で立っていた。わりときわどいデザインの白兎の趣味っぽいビキニで、ありすはスタイルがいいのでたいへん刺激的すぎる。

いまは酔っぱらってるらしく頬が上気してるし、何だか色っぽい。

「と、とにかく風呂に入るぞ」

さっさと終わらせよう、でないと俺のほうもどうにかなりそうだ。ありすの手をひき、湯気の満ちた浴室へ。

「足下《あしもと》に気をつけろよ」

言いながら、湯船に導こうとしたけど。

「座りなさい」

「え？」

急にちゃんとした口調で言われたので、びっくりする。

見ると、ありすが無表情のまま。

「湯船に入る前に身体を洗う、それが常識です」

「いや、いいじゃん今回は――それに、水着だし。洗えないって、……ありす？」

「それがマナーれひょ！　いいから言うこと聞くのーっ、春ひゃん！」

急におかしい口調に戻った⁉

いかん、完全に酔っぱらいだ。酒が入った人間に逆らっても無意味なのは、両親を見て理解している。俺はおとなしく湯椅子に座り、ありすが背後にまわる。

「だーっ」

彼女はだーっとボディーソープのボトルから大量に中身をだして、タオルにとろみをつけると、俺の背中をごしごしし始めた。

「お、おい、子供じゃないんだから、自分で洗えるよ」

「子供れひょ！　春ひゃんは、わたひの弟れひょ！」

弟じゃねえ――いや、ごめんなさい……。

ありすがガチな目つきをしてたので、怖くて逆らえない。

「春ひゃん、おおきくなりまひたね――」

恍惚《こうこつ》とした目つきで、ありすが俺の背中にぴたりと密着し、良い子良い子してくる。水着越しとはいえ女の子の肌が触れているせいか、鼓動が跳ねた。

そういえば、子供のころ。ありすと泥だらけで遊んだあとに、水道の蛇口から冷たい水を頭にかぶって、お互いに洗いっこしたりとか——。

「こっちは、成長ひましたか〜？」

股間に⁉

「む〜、水着がじゃまれす〜。にゅっ、にゅうっ♪」

ぎゃ〜！　水着を引っぱるな！　それに背後から抱きかかえられてるうえ、耳元で変な声をだされたらもう——いかん、脱出！

「お、俺はもう風呂に入るからな！」

俺はありすの魔の手から逃れ、湯船にどぼん飛びこんだ。

ありすは残念そうな顔をしていたが、俺に手を引かれ「わたひも洗わないと——」と水着を脱ごうとするし、今日のこいつはおかしい。

ふたり並んで、湯船に座る。

肩のあたりまで、限界まで温度をあげたお湯が満ちている。俺にはかなり熱いが、身体が冷えているありすには気持ちいいようで、深々と吐息を漏《も》らしていた。

「ふ〜、あったかい……」

嬉しそうに、ありすがこちらに体重を預けてくる。それなりに広い湯船とはいえ、ふたりで入れば最初から肌は触れている、彼女の肉を直《じか》に感じた。

「きみは、ほんとに、あったかいです――」

すこし元通りになった口調で、彼女はつぶやくと、耳まで真っ赤にしたまましばらく動かなかった。ドリンクとお風呂で、体温があがってるのだろう。そこは安心だが、心配になるほど長い時間――俺は彼女とひっついていて、頭が変になりそうだった。

ゆっくりと、ふたりの体温が交わって。

彼女の心音と、息遣いを、そばに感じて。

じりじりと灼《や》けつくような、奇妙な雰囲気のなか、ありすは。

「春ちゃん――」

俺の腕に身体の前面を押し当てて、耳元で、ちいさく囁いた。

「えっちぃ、気分……です――」

聞き間違いか?

同時に、俺の脳裏に、先ほどの占いが思い浮かぶ。

――赤ちゃんができる。

そのような行為を俺が体験するとあの占いは予見して――いやいやいやいや、これは医療行為だしありすは友達っていうかそんなつもりは全然なくてでもこいつ柔らかくて可愛らしくて女の子でこれはあれか据《す》え膳《ぜん》食わぬは男の恥とか――。

どこまでもリアルな女の子の肉の感触に、理性がぐずぐずにとろけそうになるが、いや——落ちつけ。今のこいつは普通じゃない。意識があいまいな女の子に手をだすのは鬼畜すぎる。彼女とは、もっときちんとした状況で——ちがう、そうじゃなくて、えぇっと……？

「ずっと、遠かったです」

動揺しまくる俺の耳に、心臓の音でかき消えそうな、ちいさな声音が届く。

「きみは、わたしにとって——大事な、世界でいちばん、大事な……。でも、わたしは失敗して。きみを失って、見てるだけでいいって自分をごまかして——でも、会えないのは、会話もできないのは、触れあえないのは、さ……びし……」

それは、熱に浮かされた彼女の、本音だったのだろうか。

氷の仮面で隠された、この女の子の、素顔だったのだろうか。

「もう、遠くへ行っちゃ、やぁ——です、春……ちゃ」

ごぶり。

奇妙な音とともに彼女の声が途切れて、俺はぎょっとする。

見ると——。

ぶくぶくぶくぶくっ。

あぶくを漏らしながら、ありすが顔面を湯船につっこみ、沈没しようとしていた。

「ありすーっ⁉」

慌てて引きあげたが、どうも熟睡してるらしく、揺すっても目覚めない。不思議の国のアリスみたいに、夢の世界へ旅立った彼女を、俺にはどうすることもできない。

「まったく——」

俺は溜息をつきながら、この放っておけないお姉ちゃんを、胸にかき抱く。

彼女の言葉を聞き、その心と肌に触れた——俺は、どうするべきなのだろう。

むかし傷つけた彼女への、罪悪感。

互いに支えあわなければ潰れてしまうがゆえの、義務感。

それ以外の感情が、ゆっくりと粟立《あわだ》っているのを、鈍感な俺も自覚していた。

三章　冬のような女

1

ありすと過ごす日々が、だんだん当たり前になっていって。

実際、俺たちの体調をどうにかするための方法は遅々として見つからなかったのだけど、それでもいいのかな——なんて、現状に甘んじる気持ちさえ芽生えてきた。

身体が火照れば水風呂に入り、冷凍庫に保存している氷をスナック菓子のように食べたり、冷えピタを貼ったり、対症療法で何とかなってる。

心配なのはありすだけど、彼女は平気そうな顔をしているし、もうすこしだけ——かつて失ってしまった友達と、他愛ない交流ができたらいいな、なんて。

そんな呑気《のんき》な考えが、どんな結果を生むのか、俺は想像すらしていなかった。

2

「へくちゅっ」

「うお」

いつも登下校する桜並木からやや横道に逸れて、当て所なくぶらぶらしている。

となりを歩いていたありすが無表情のままくしゃみをしたので、俺は驚いた。

「だ、だいじょうぶか？」

「問題ありません」

ありすは無頓着《むとんちゃく》に、元気さをアピールするかのようにやや早足になる。

「日が暮れるとすこし肌寒いですね。でも平気です、心配しないでください」

顔が熱っぽいのは、恥ずかしがってるのか、それとも風邪をひいたのか——。

気にしつつも、俺は無難に話しかける。

「もうだいぶ、桜も散っちゃったな」

ありすとの日々がすこしずつ積み重なって、時節は巡り、（カレンダー上は）春も半ばといったところ。だが桜はずっと五分《ごぶ》咲きのまま散ろうとしていて、何だかこの町はすこし物寂しくなっている。

『ブル・フル』の影響によって春の到来が遅れているうちに、季節は巡ろうとしているのだ。春をすっ飛ばして、その先へと……。

そんな歪《ゆが》んだ季節の巡りに異議を申し立てるように、不思議な純白の桜――佐保姫《さほひめ》さまだけは、健気《けなげ》にも、あるいは痛々しく、咲き誇らんとしている。

そちらを一瞥《いちべつ》し、ありすは佐保姫さまに励まされたように、強がりの笑みを浮かべた。

「観光客もいなくなって、静かでいいではありませんか――へくちゅっ」

「ありす」

「大丈夫です、むしろ最近は気温もあがってきて体調がいいのですよ」

「あの店に入ろうぜ」

「え？　あっ、春《はる》ちゃん……」

彼女の手を握り、導くと――ありすは真っ赤になる。やっぱり風邪だな。本人は平気ぶってるけど、耳まで真っ赤である。

地方都市や観光地によくある、布地なんかが売っている可愛らしい店だ。そこそこ広く、室内はそれなりにあったかい。古物の和服や、パッチワーク素材、毛糸なんかが陳列されている。それらを用いてつくられた、客の作品なんかも売っている。

俺は毛糸のコーナーに移動して、マフラーなどを物色した。

「寒いんだろ、無理すんなよ。防寒具ぐらいつけろってば」

「無理などしてません。それに――もう春も半ばなんです、マフラーなんかつけてるひとはいません。一緒に歩いてる春彦《はるひこ》まで変な目で見られます、だから……」

「アホ、命が関わってんだろうが。あ、手袋も売ってるぞ。毛糸の帽子も」

「だから春ちゃん、ひとの話を聞いて……」

「どれどれ」

もふり、とありすにマフラーを巻きつけてみる。

「似合うじゃん。帽子は、その髪型だと無理か。あとは手袋と……何か買ってやるから、好きなの選べよ」

「なぜですか、買ってもらう理由がありません」

「遠慮すんなよ、今さら——俺たちは一蓮托生《いちれんたくしょう》だろ」

「わ、わたしが春彦を助けるんです。わたしのことは、後回しでいいんです。わたしはプロフェッショナルです、体調の管理ぐらいできています」

「ガタガタ震えてるくせに何言ってやがる、こっちが落ちつかないんだよ。ほら、早く選ばないとこのマフラーにするぞ」

なぜかアメリカ合衆国の国旗柄の、ド派手かつダサいものを広げて見せてやる。

「うー……」

ありすは唸《うな》っていたが、やがて諦めたのか、棚を物色し始めた。ごく丁寧に指先で触れて、真剣に選んでいる。

穏やかな店内ＢＧＭが流れるなか、ゆったりとした時間をすごす。

こんな些細《ささい》な交流が、とても楽しい。

ありすは無表情に見えて、ちょっとしたことで動揺するし、たまに見せる笑顔は胸が震えるほど可愛らしい。もっと彼女の色んな面が見たい、そんな気持ちが芽生え始めていた。

まぁ、ありすには——迷惑がられてる気がするけど。

時間がかかりそうだったので、俺はマフラーを吟味《ぎんみ》しているありすを置いて店内をぶらつき、チェック柄の布の種類の豊富さにびびったりしていた。世の中にはいろんな趣味がある。

戻ると、ありすがじっと棚のひとつを凝視していた。毛糸でつくられた、ちいさな編みぐるみ——いわゆるブードゥー人形を眺めているらしい。いろんな毛糸でつくられていて、カラフルで素朴だ。

「これは、目の位置が——これは配色が……やはり、この子たちがいちばん」

ひとつひとつを精査しているが、こいつは何をやっているんだ。

青いのと桃色の、男女に見えるブードゥー人形が紐《ひも》でつながっている、素朴なものを手にして微笑んでいるありすに——。

「それ、欲しいのか？」

「ひゃっ」

後ろから声をかけると、ありすはサイドテールを揺らして「びくん」ってした。

「ち、ちがいます、編みぐるみなど——身体をあったためるものではありませんし。たいへん愛らしいですが、非生産的な代物です。必要ないものです」

「じゃあ、これと——おっ、マフラーはそれか」

ありすの髪の色と同じ、紫色のマフラーを彼女はしっかり確保していた。それとブードゥー人形を受けとり、レジまで歩いていく俺である。

「春ちゃん！　んもう、何で言うこと聞かないの！」

「じゃあ、いらないのか……これ？」

「う。ほ、欲しい——ですけど、そうじゃなくて。春ちゃん！」

真っ赤になって騒いでいるありすを放置し、レジで代金を支払う。

「わ、わたしも……」

ありすが自分も支払おうとして財布をだしたが、レジのおばちゃんが「ふふ、彼女にプレゼントかい？」とか言ったら、氷像みたいに硬直してしまった。

その隙に代金を支払う。まぁお世話になってるお礼だ——と思いながらおばちゃんに代金のタグを切ってもらい、ありすにふわりと巻いてやった。

ありすは無表情のまま、でもわずかに潤《うる》んだ両目でこちらを見あげる。

「春彦は、なぜ、こんなことをするのですか？」

怯《おび》えているようですらあった。

「わたしは、きみに迷惑をかけている。助けたかったのに、失敗して——ずるずると、解決できずにきみの日常生活を乱している。役立たずの、酷《ひど》いやつです。こんなに良くしてもらう理由がありません」

「もしかして、迷惑か——こういうの」

俺とありすの関係、友達としての範疇《はんちゅう》を超えることだっただろうか。

俺は、また距離感をはかり間違えたのか。わからない——これまで親しい女の子といえば桃子しかいなかったしなぁ。あいつは出来たやつだから、俺が何をしても最終的には受けいれてくれた。

だから、ありすは難しい。でも、だからこそ興味深くて、目が逸らせない。

もっと、仲良くなりたいんだ。

「迷惑なんて——それは、わたしです」

俯《うつむ》いて、ありすはか細く震えた。

「何をやっても、お母さまみたいに上手にできない。きみを助けたいのに、空回りしているだけです」

「一方的に、助けられるだけ、与えられるだけ——っていうのは嫌なんだよ」

俺は反発心のようなものを抱いて、言ってしまった。

「友達だろ、お互いに支えあおうぜ」

幼いころ、そうしていたように。

思いながら、俺はありすの手をとった。

「マフラーと、その人形を買ったらお金がなくなったから、手袋はまた今度な。だから今日は、これで我慢してくれ。……ちょっとは、あったかいだろ？」

「あっ、うっ」

ありすは変な声をあげて、弱々しく、俺の手のひらを握りかえす。

店からでて、葉桜が目立つ桜並木の横道を、ふたりで歩く。手を繋《つな》いだまま。

しばらく、どちらも喋《しゃべ》らずに——でも不思議とそれが心地よく、夢のなかみたいだった。

ありすは、不安になるほど冷たい。手のひらのなかで、氷みたいに溶けてしまいそうだ。

不安になって見ると、彼女もこちらを見ている。

目があって、すこし見つめあってから、俺は照れくさくなってそっぽを向いた。

公園があった。

砂場とかに、汚れたおもちゃが、持ち主に放り捨てられたまま——転がっている。

あんなふうに、置き去りにして、俺はずっとありすを忘れていた。

「どうしました？」

こちらを見あげ、不思議そうなありすに、俺は尋《たず》ねてみた。

「おまえさ——むかし、もしかして、女の子みたいな遊びもしたかったか？」

「え？」

「追い駆けっことか、取っ組みあいばかりしてただろ。おままごととか、お絵描きとか——したかったんじゃないか。俺さ、鈍感だから、そういうの言われるまで気づけなくてさ」

ずっと心に閉じこめていたことを、今なら話せる気がした。

「白兎《はくと》に会う前、おまえと別れたあと——友達が、できたんだ。気のいいやつだったよ。でも喧嘩して、俺のせいで傷つけて、けっきょく友達じゃいられなくなった」

最近、手紙が届いて——元気でやってることを知ったけど。

あのときも、俺は自分の感情ばかり優先して、あいつのことを考えなかった。

「今度はもう、失敗したくない。お互いに支えあわないと命が危ないから、だけじゃない。義務だけじゃなくて、おまえと仲直りしたいんだ。また友達になりたいんだよ」

必死に告白すると、ありすは。

「………………」

いつもの、凍てついたような無表情のまま。

すこし押し黙っていたが、下唇を噛みしめて、やがて冷笑を浮かべた。

「そういうの、気持ち悪いです」

感情のない、吹雪みたいな声だった。

「きみは、口先ばかり。自分は鈍感だと言いながら、それを矯正《きょうせい》する努力をしていない。

傷つきたくない、仲良くしたい——そう主張するばかりで、安全なところからこちらを見下ろしているだけ。施《ほどこ》して、哀《あわ》れんで、同情して、自己満足しているだけ」

項垂《うなだ》れると。

「ぜんぜん、必死じゃない。何も伝わらない、気持ち悪い」

口元を押さえて、ありすは「ふらり」とよろめくと、俺に背を向ける。

「すみません、何だか疲れました——もう時刻も遅いですし、今日はここまでにしましょう。きみも、きみを大事にしてくれるひとたちのところに帰りなさい」

何かをごまかすように、早口で。

「では、また明日」

そして去っていく。

俺の足下《あしもと》には、忘れられたおもちゃ。

今度は、俺が置き去りにされたのかな。

途方に暮れて、しばし立ち尽くしていた。

溜息《ためいき》をつく。

施し。哀れみ。同情。それもあった、傷つけた彼女への罪悪感——それが俺たちの関係性の再スタートののろしだった。途中から義務感もくわわった。互いに支えあわないと死ぬ。でも、それだけじゃなかった。

では何なのか。わかってる気がするのに、そこに至れないのは。

まだ俺は自分を甘やかして、安全圏に居座ってるからか——。

「あ、っと」

不意に気づいた、ポケットのなか——マフラーといっしょに買って、ちいさな紙袋に包んでもらったブードゥー人形があった。

「あいつ、忘れていきやがった」

言い訳するようにつぶやくと、俺はありすを追いかける。何だか、このまま別れてはいけない気がする。俺はまた、同じ失敗をしてしまいそうで——。

走る。全力で大地を蹴って。

今なら間にあうはずだ。

ありす、俺だって必死なんだ。

「はぁっ……はぁっ……」

荒く息をつき、あがっていく体温に恐怖をおぼえながら、曲がり角を折れる。

「ありす！」

胸騒ぎのまま叫び、俺はその場で凝固《ぎょうこ》する。

俺は、馬鹿だった。

握りしめた彼女の手のひらを、けして放すべきではなかった。いつも無表情なありす——

自分の痛みを、悩みを我慢して、上《うわ》っ面《つら》だけ平気な顔をしている、弱ったところを見せたら命取りの、野生動物みたいな彼女。

冷たく見えて、ほんとは誰よりも——あったかい彼女を。

きちんと理解し、共感していれば、こんな事態にはならないはずだった。

——平気です、心配しないでください。

「嘘《うそ》つきめ……！」

俺は怒鳴るしかなかった。

街灯の照らす寂しい道路の真ん中で。

ありすが、屍体《したい》みたいに倒れていた。

3

救急車で病院に運びこまれたありすの、検査と治療は長引いた。

当たり前だ、彼女の身体を蝕《むしば》んでいるのは冷たい異界『ブル・フル』の住民——現代医療がいかに進歩したとはいえ、科学で解体できない摩訶不思議《まかふしぎ》な現象の前には無力だ。為《な》す術《すべ》はなく、医者はしきりに謝罪し、悔しそうにしていた。

でも、ほんとうに謝罪するべきなのは——。

「くそっ」

病院の待合室で、俺は落ちつかない気分のまま唸《うな》る。

どうして、もっと早く気づけなかった。どうして、こうなるまで何もできなかった。どうして、どうして——。

何度『どうして』を繰りかえしても、無力で、残酷な現実は小揺るぎもしない。

「落ちつけよ、春彦」

となりに座った白兎がたまにとても冷酷に見える深紅の瞳で、こちらを見据える。

「いつか、こうなるのはわかってただろ——俺たちは時間稼ぎをしてただけだ」

「おまえはいいよな、他人事だから」

「俺に当たるなよ」

つい言ってしまった酷い言葉にも、白兎は動じなかった——でも寂しそうだった。

「それに、俺だってお遊びでここにいるわけじゃない。他人事じゃないんだ。俺はいつも逃げてきた、安易な方向に——取りかえしがつかなくなるまでな。そうして辿《たど》りついたのが、ここだ」

よくわからないことを、しごく真面目に。

「もう逃げたくない。ありす——姉ちゃんには世話になったしな、できるかぎりで恩返ししたいよ。俺は覚悟を決めたぞ春彦、おまえはどうするんだ？」

白兎が俺の肩を抱き、珍しく、最初から最後まで冗談のひとつもなく。

「親友――おまえには、けっこう期待してるんだぜ」

そんなことを、言われても。

俺に、いったい何ができるというのだろう？

4

結局、ありすは三日ほど目を醒まさなかった。

薬を処方しようにもありすの病状が不明なため、医者も迂闊《うかつ》には投薬できなかった。酷く体温がさがっていたので暖房のきいた病室で防寒させて、氷みたいに冷たい彼女をあっためるぐらいが関の山だった。

何やら全国の神社をまとめる役所が動いてくれたらしく、ありすは個室で好待遇で、医者も余計な詮索をせずにいてくれた。神社にとって、天裏《あまり》の巫女《みこ》は貴重な珍獣のような存在なのだ――保護はする、そこに愛はなさそうだけれど。

俺は何もできず、ただ鬱々《うつうつ》と、彼女が目覚めるのを待つしかなかった。役立たずの自分に、ずっと失望していた。だが、己《おのれ》を責めても何も変わらない。ただ悪夢のような現実に、打ちのめされていた。

そして今日、ありすが目を醒《さ》ましたと知らされて、俺は白兎とともに大慌てで病院に駆けつけた。

ありすは電気毛布と羽毛布団をかけられて、ふつうに寝かされていた。もっと酸素吸入器とか、心電図を表示する機械とか点滴とか、物々しいものを想像していたので――すこし拍子抜けしそうになった。

だが目を閉じて横たわっている彼女は、屍体のようで、ぞっとした。

「はは……」

俺と白兎の足音に気づいたのか、ありすは薄目を開くと、つらそうに口を開いた。

「平気なふりをしてたんですけど」

起きあがる気力もなさそうだった。

「ばれちゃった」

口にされたその一言に、俺の内側がかあっと熱くなる。何が『ばれちゃった』だ。死ぬところだったんだぞ――そもそも何で自分の体調について隠してた。こんなふうに倒れそうになるぐらい苦しかったなら、教えてくれたら俺は……。

俺は、いったい何ができたのだろうか。

ありすが自分のことを黙っていたのは、俺に心配をかけたくなかったからだ。

でも、俺は我慢できなかった。

「ありす、おまえなぁっ……」

自分の不甲斐なさを、ありすへの怒りでごまかしている。

情けないそんな俺を、白兎が横目で睨《にら》んできた。

「春彦、姉ちゃんが何で無理をしたのか、おまえにはわかってるだろ。がんばってるおまえを馬鹿にしてたわけじゃない、むしろ嬉しかったから――」

「やめてください、白兎」

ありすが必死に、でも弱々しく訴えた。

「お願い……」

沈痛な静寂が満ちた。誰も何も言えない。どん詰まりの、八方塞がりだ。どうすればいいんだ――こんなの。俺たちに未来なんてあるのか？

どうすればよかったんだ。

現実はゲームじゃないから、セーブポイントからやり直すことなんてできない。だから後悔しても意味はない。でも――どうしても考えてしまう、どこで間違ったんだ。

俺は自分への腹立たしさに、おかしくなってしまいそうだった。俺はまた繰りかえした、ありすを傷つけて――。

同時に、ありすへの疑いと落胆もあった。

信じてくれなかった。

いつまでも『お姉ちゃん』ぶって、平気な顔で、俺を一方的に『助けてあげる』つもりで——俺からの何も受けとらない。ありすを、遠くに感じる。

俺は、独り善《よ》がりにあたふたして、けっきょく何もできなかったんだ。

ありすは、そんな俺を優しく受けいれて、平気なふりをしてくれた。俺が、『何かができている』と誤解してしまうぐらいに、甘やかしてくれていたんだ。

でも、嘘のめっきは剥《は》がれた。

俺は無力で、ありすは嘘つきで、もう何もかもがどうしようもない。

「必死でがんばって、努力して、治療法を探して」

俺は情けないことに、泣きそうになってきた。

「いつか元通りになるって、信じて——」

でも、そんなことはなかった。

ありすは天裏の巫女として『ブル・フル』の住民をある程度は制御できる。きっと表面上は平気に見えるように、実際よりも症状が軽く見えるようにして——でもほんとは、身体の内側を深刻に蝕まれていたのだ。

彼女の無表情のしたに隠された悲鳴と涙を、俺は見過ごしてしまった。

「そんな俺を甘やかして、前へ進んでるんだって錯覚させて——楽しかったのか。馬鹿にすんなよ、苦しいなら苦しいって言えよ！　また、俺はおまえを……」

「春彦」

ありすは眉を動かしもせずに、俺の激情を受けいれる。

子供が駄々をこねているようなものなのに、逃げずに。

「甘えていたのは、わたし。きみが助けてくれようと、努力をしてくれて、何の意味もなかったけど——心は救われていたんです。いつか、こうやって終わりがくるのもわかっていました。でも、やめられなかった……。寄りかかっていたのは、わたし。ごめんなさい春彦、きみを苦しめたくなかったのに」

そして、俺の目を真っ直ぐに見つめて、つぶやいた。

「終わりにしましょう」

別れの言葉を。

「きみにこれ以上、迷惑をかけるわけにはいきません」

「何だよ、それ」

またその言葉だ、迷惑——いつ、俺がそんなことを言った？

「もともと、俺が不用意に佐保姫さまに触ったのがいけなかったんだ。『ブル・フル』の住民に目をつけられたのも俺だ。ありすはそんな俺を助けてくれようとして、巻きこまれただけだろ——」

「戦場カメラマンには、飛来した銃弾で撃ち殺される覚悟がある。医者は、院内感染を患者のせいにはしない。わたしはプロフェッショナルです。わたしがこんな状態になっているのは——すべて、わたしが未熟だったせい」

天井を見あげ、淡々と。

「そう、これは専門家に任せるべきこと。東北に、母の実家があります。わたしが幼いころ修行をしていた神社です——そこには、優秀な霊能力者たちがいます」

白兎が、ぴくりと反応したが、何も言わなかった。

「佐保姫さまは神さまです、どうしようもありません。けれど『ブル・フル』の住民ぐらいなら、祓《はら》ってくれるでしょう。わたしは動けるようになったら東北へと向かい、彼らに治療を依頼するつもりです」

機先を制するような、一方的な口ぶりだった。

「春彦、きみはこの町に残りなさい」

どうして？　俺もありすと一緒に——と言いかけるのを、ありすが早口で封じる。

「きみへの加護は、おおきなちからです。佐保姫さまの支配地であるこの町を離れたら、いろんな悪しきものたちから格好の獲物にされます。きみを守りきって、東北までつれていくのは不可能です」

冷淡に、突き放すように。

「そばに、わたし――『ブル・フル』の住民がいなければ、きみのなかの佐保姫さまの加護も刺激をうけずに、ゆっくり収まっていくでしょう。もともと、春のみ限定的に発現するちからです。耐えていれば、次の季節には元通りになるはずです」

にっこりと、微笑む。

「佐保姫さまが世界を春に染めあげるためのちからを、献上《けんじょう》し終えればいいのです。愛、優しさ、喜び――前向きな、わたしみたいな冬のような女といっしょでは、とうてい発生しない感情を。きみは、友達と恋人と、家族と、幸せに暮らしなさい。それが、きみの苦痛を取り除く、たったひとつの冴えたやりかたです」

「ありす」

おまえは友達だ、あったかい気持ちをいっぱいくれた。

冬のような女なんかじゃない。

「お願い、春彦」

笑顔のまま、その目尻に涙が浮かんだ。

「最初からこうするべきでした、でもきみの気持ちが嬉しくてまとわりついて――きみを苦しめてしまいました。わたしは、あなたから遠ざかるべきです。でもね、それは当たり前のことなんです。春と冬は同居できない。わかっていたのに、先延ばしにしてしまった……」

ぽろぽろと、涙が零《こぼ》れて、ありすはこちらに手を伸ばした。

俺がそれを抱きよせようとすると、怖がるように引っこめて。

「ごめん、ごめんなさい春彦。また、同じことの繰りかえしですね——」

涙混じりの声で。

「こんなことなら」

今際《いまわ》のように。

「出会わなければよかった」

話は終わりだ、とばかりに——伸ばした手のひらを自分の顔に押し当て、目元を隠す。

ありすは、それっきり口を開かなかった。

5

ありすの言葉に、俺は納得できたわけじゃなかった。

プロフェッショナルだから云々なんて、もう聞き飽きたし、説得力がないのはわかりきっている。でも、他に俺が提示できる解決策なんてなかった。

面会時間が終わり、俺と白兎は追いだされて。

もう、どうしようもないのかもしれない——という、無力感に支配された。

ありすは、もう数日は様子見のために（たぶん無意味だが）入院するらしい。

その後、東北へ向かって――もう、二度と会えないかもしれない。だって、その東北の霊能力者たちとやらに、ありすを治療できる保証はない。『ブル・フル』の住民を扱えるのは天裏の巫女だけ、そしてそれは現代では、ありすだけ……。

俺はそんなことをぐるぐる考えながら、帰途についた。

その日の夜、ありすの病室で交わされた会話を――だから、俺は知らない。


「嘘つきめ」


病室には、ありすだけがいるように見える。

こんこんと焚《た》かれたストーブのなか、たくさん泣いたのか、目元を真っ赤に腫らしたありすが寝ころんでいる。そんな彼女に、天井付近にわだかまった暗闇が声をかける。

「おまえたちは、いつも雪みたいに、己の気持ちを覆い隠す。わけがわからない、なぜ自分を苦痛に追いやるのか」

「自分が苦しんだぶん、愛《いと》しいひとの苦しみが拭えるのなら」

ありすは、その声がたしかに聞こえているのか、はっきりと応えた。

「わたしたち人間は、いくらでも泥雪《どろゆき》をかぶれる」

「また嘘をついたな、ありす――酷い女だ。俺たちよりも、やはりおまえらのほうが悪魔と呼ばれるに相応しいんじゃないか」

　嘲笑うように。

「東北の神社？　霊能力者？　そんな便利なものがいるなら、何で最初から頼らない――馬鹿め、現代日本に古代の遺物たる本物の霊能力者がいるか！　おまえらは特別だよ、いや異端《いたん》だよ、天裏の巫女。そして、おまえがその最後のひとりだ」

　真っ暗で、果てのないように見える闇のなか、孤独に寝そべる彼女。

　その姿は、ありすの立場そのものだ。

「全国各地で霊能力者を名乗っている連中は、おまえの神社のアルバイトたちと同じような何も知らない一般人だ。俺たちを扱うすべを知らない。おまえが幼いころ東北の神社に送られたのも、霊能力の修行というより――禁地で遊び回っていたその心を、礼儀を、叩き直すためだっただろうが」

「ええ。廊下の雑巾《ぞうきん》がけ、写経、礼儀作法……そんなものばかり学んでるうちに、お母さまが亡くなって。おかげで、霊能力が未熟なままです」

「おまえは死ぬ気だろう、ありす」

　雑談じみてきた会話を、切り落とすような、無慈悲な声で内容だった。

「応えろ、『命令』しないといけないのか」

「ずいぶんと、人間らしくなりましたね」

見当外れのようなことを、ありすは微笑とともに囁いた。

「春彦のこと、支えてあげてください――わたしの、代わりに」

「馬鹿な女だ、俺のことを信用するのか。俺は化け物だぜ。佐保姫さまの加護を受けて食べごろのあいつを、おまえが消えた途端に貪《むさぼ》り食うかもしれないぞ?」

「きみは、そんなことはしません」

ありすは、思い出し笑いをする。

「わたしたちのために、一生懸命に特製ドリンクをつくってくれた、きみは」

「ぜんぶ、おまえらを誑《たぶら》かすための演技かもしれないぞ」

「信じます、白兎さまを」

その名を呼んで、ありすは祈るように。

「ありがとう。友を失い傷ついていた春彦を、あなたが支えてくれたんでしょう。おかげで春彦は、立派な男の子になりました」

「ただの興味本位だよ。こっちの世界、すげぇ面白いしな。アニメとか漫画とか、おまえら人間とか――だから、それを自分から捨て去ろうとするようなやつは馬鹿だ」

「わたしだって、手放したくないです。……あったかさを」

枕元に、マフラー――大切な、思い出のひとつぶ。

置かれた、ちいさなブードゥー人形。

でもこの人形みたいに、仲良く手を繋ぐことは、二度とない。

「じゃあ、何でだよ！　生きたいと望むのはおまえらも俺たちもいっしょだろ！　格好つけるんじゃねぇ、生きたいならそう言えよ！　見苦しくてもいいよ、迷惑をかけても――死ぬなよ……！」

「はじめて、弟っぽい我侭《わがまま》を言ってくれましたね」

ありすは、にっこりと笑った。

「白兎さま。わたしが死んだら、わたしの体内に寄生＝封印している『ブル・フル』の住民が飛びだしてきます。あいつらは、いちど味を覚えた春彦の身体を狙う。どうか、それを始末してください」

瞳に決意を宿して。

「わたしのなかにいた『ブル・フル』の住民が消えたぶんだけ、この町はあったまる――つまり春になるでしょう。そうすれば、佐保姫さまの奇跡も満了する。春彦は『加護』の苦痛から解放されます」

宣言した。

「めでたし、めでたし……です」

「ほんとにそう思ってんのか、姉ちゃん」

そのときだけは、白兎はいつもの白兎の雰囲気だった。

「あんたは馬鹿だ。嘘つきで分からず屋だ。春彦が可哀想だ」

どこか楽しむように。

「そして、侮《あなど》りすぎだ——俺のことも、春彦のことも」

不思議なことを。

「姉ちゃん、十何年も世話になった。その恩返しをするぞ、あんたが嫌だって言っても。見てろよ、いつの時代だってどこの世界だって、『死にたい』ってやつより『生きたい』ってやつのほうがでっかいパワーをもってるんだぜ」

「白兎さま……？」

おおきな気配が病室から消え、ひとり残されたありすは、ただ戸惑うだけ。

6

俺は自宅で死んでいた。

何をする気にもならず、机に突っ伏して苛々《いらいら》としていたら、飢《う》えた妹が「ハル、おなかすいた。晩ごはは……あ、いや、ごめん。カップラーメン食べゆ……」とショボンとした顔で去っていった。そんなに怖い顔してただろうか。

俺の頭のなかには、ぐるぐると思考が迷走していた。

最初に脳内を支配していたのは怒りだった。

──ごめんね、ごめんなさい。

──こんなことなら、出会わなければよかった。

ありすの言葉と態度に対する反発、これまでしてきたことすべてを否定されたような徒労感と、苛立ち。

でも、やがてその怒りはお門違《かどちが》いだと気づいた。

自分が彼女に何もしてあげられなかった、その己の不甲斐なさに憤《いきどお》っているだけだ。ありすは何も悪くないじゃないか。俺を助けようとして、『ブル・フル』の住民の怨みを買い、体調を急激に悪化させた──。

そこでさらに俺が八つ当たりをしてどうなる、彼女があんまりにも可哀想じゃないか。

俺に手を差しのべ、救ってくれようとしたのに。

そんな彼女のほうが、命を落とそうとしている。

そしてありすが死ねば、この町はあったまっていき──俺は、春になればのうのうと助かる。すべての痛みを、彼女に押しつけて。

ありすを、生《い》け贄《にえ》にするようなものだ……。

「くそっ」

「荒れてるな、春彦」

無意味に壁を蹴っていると、窓の外から「ひょこっ」と白兎が顔をだした。俺はぎょっとして、椅子ごと後ろに引っくりかえりそうになる。

「うおっ！　白兎、おまえどこから顔をだしやがる⁉」

やつは逆さまになって、地上二階の窓から覗《のぞ》きこんでくる。おまえは泥棒か、あるいはゴキブリ的なものなのか。

「フッ――春彦の心を奪うため、怪盗白兎☆ただいま参上！」

「おまえにやるような心の在庫はない」

「ありすのことを話しにきた」

いつもの会話を打ち切って、白兎がひらりと部屋のなかに踏みこんでくる。外履きはすでに脱ぎ、勝手にベッドに腰かけて。

身軽なやつだな、というか自由だ。

でも、その言葉は聞き捨てならない。

「ありすが、どうかしたのか？」

「とりあえず匿《かくま》ってくれよ春彦、姉ちゃんと喧嘩しちまってさぁ――」

へらへら笑っていつものように軽薄なことを語っているが、その表情は真剣だ。そのぐらいわかる。こいつとは何だかんだでいちばんの友達だし、もう付きあいも何年にもなる。

白兎は片目を瞑《つぶ》って。

「おまえだって、このまま終わりたくないだろ?」

その、こちらを見透かすような言葉に、何だか安堵した。

やっぱりおまえは最高の友達だよ、と言いかけて——恥ずかしいのでやめる。

俺はとりあえず自分と白兎の茶を用意し、向きあった。

「サンキュ」

とりあえず人心地《ひとごこち》ついてから、白兎が手招きしてくる。

その指先には、見覚えのない携帯端末が握りしめられていた。

「春彦、これ見ろよ」

「何をだ? くだらんエロ画像とかだったらしばくぞ?」

白兎の後ろから覗きこむと——。

そこに、ありすの姿があった。

今の、入院中の寝間着姿ではない。うちの学校の制服を着ている。

覚えている。頭に葉っぱとかがついてるし、たぶんふたりで佐保姫さまに触って吹っ飛ばされたりとかドタバタした日だ。ずいぶんと昔のことのように思えた——このあたりから、本格的にありすといっしょの時間が増えたんだった。

互いの治療、という名目で——関係性で、それ以上のものではないと思っていたけど。

『ふう……』

画面のなかで、ありすは頭を揺すると、学生鞄を机の上に放りだす。そして自らもベッドに倒れこんで、しばらく動かなかった。

元気そうにしていたのに、このあたりからすでに体調は酷かったのだ。でも、俺の前では無理をしていた。その反動がきて、ありすを余計に苦しめてしまったのだ。

『さすがにちょっと、疲れました……』

独りごちて、ありすはしばらく死んだように動かなかった。しかし、この構図――。

「おい、これ隠し撮りじゃないのか？」

どう考えても視点が高いし、ありすがこっちに気づいてない感じだ。

白兎は楽しそうに、にやにやと笑っている。

「いや、俺もむかし遊びで設置してた隠しカメラのことをすっかり忘れててな、あんまりにも面白い映像が撮れてたから、何かのネタにできるかな～って保存したんだけど」

ひでえ。

いったい、どんな――。

「見てろ」

いかにも楽しそうな白兎のことは、あとでありすに報告しよう。できたら。俺も、妹が部屋に監視カメラ設置してたらふつうに説教するし。

でも、このタイミングで白兎が俺に見せようとする映像だ。ただのネタではあるまい。

俺はすこし罪悪感をおぼえながら、画面のなかのありすに注目する。

『制服が、しわになっちゃいますね』

ありすはつぶやくと、ふらりと起きあがる。

そして、のそのそと服を脱ぎ始めた。

「おい！」

本格的に隠し撮りみたいだぞ。

怒鳴ったが白兎はまったく動じず「いいから見てろ」と言うだけ。ありすはネクタイをほどき、スカートをおろして、下着姿になっている。やっぱりプロポーションがいい。えろいとかそういうのではなく、純粋にきれいだった。

ってこれ見てるのはまずいだろ、俺は目を逸《そ》らし——その間に、ありすは室内着になっていた。っていうか、巫女さんの格好だ。これ普段着なの……？

彼女はその格好が落ちつくようで、ほっとしたような顔をしてから、おもむろに学生鞄を開いた。そのなかに入っていたのは——。

これ、ぎんなんの紙カップだよな。

食べ終わったあとどうしたのかと思ってたら、回収してたらしい。

それだけなら、べつに変ではないのだが。ありすは紙カップをじっと見つめると——周囲をきょろきょろしてから、おもむろに。

『はふう、春ちゃん……♪』

　舐《な》め始めた。

　ありすううう⁉

『はうう、はうう♪　春ちゃぁん、ふたりで制服姿で神社デートで春ちゃん春ちゃんわたしがぎんなん食べたいの察してくれて——何て優しいの春ちゃんぺろぺろ……♪』

　ぺろぺろしてる⁉

　うわ気持ち悪っ！　何だこれ⁉

　だらしない笑みを浮かべたありすは、しばらくその変態行為をつづけていたが。

　やがて満足したのか口元を拭い、いそいそと部屋の奥へと向かった。

　その足取りは軽くて、踊るようだ。

　彼女の向かう先には、カーテンで遮《さえぎ》られた一角がある。俺がありすの部屋へ入ったときには、隠されていて見えなかった場所だ。

　そのカーテンの内側には——。

　狂気が、渦《うず》巻いていた。

『ただいま、春ちゃぁん♪』

　まず目につくのは、どうやら俺を模してつくられたらしい妙に精巧なぬいぐるみである。等身大で、肌とかの素材がイヤな感じにリアルだ。その周りにも手製のちいさな俺の人形、俺の写真を引き伸ばした（それこそ、あきらかに隠し撮りの）ポスター、ポートレート、二次創作画像……。

全身に寒気がして、俺は思わず仰《の》け反《ぞ》った。

ありすは『えへへ～♪』と聞いたことない甘くとろけた声をだして、俺のぬいぐるみを抱きしめる。

『今日はいっぱい春ちゃんと話せた……夢みたい』

つぶやいて、恍惚《こうこつ》としている。

そして壁に貼られた俺のでかい写真に顔を添えて、ほっぺのあたりにチュッチュ♪してから（コワい）。

『ごめんね春ちゃん、いつも素っ気ない態度で――冷たく当たって、笑顔も浮かべないで。でも、どうしたらいいかわからなくて』

いつも彼女は俺に会ったあと、こうしてひとりで反省会をしていたのだろうか。

『いちどたがが外れたら、もう止まれない気がして――こんなこと、長続きはしないのに。春ちゃんに甘えて、離れられなくなって、でもどうしようもなく終わりはくるのに。だから、春ちゃんとこれ以上、親しくなっちゃいけないのに』

その悲痛な声は、痛ましかった。

どんな覚悟で、彼女は無表情をつらぬき、彼女自身が繰りかえし主張していたようにプロフェッショナルを演じようとして――己の本心を隠し、苦しんでいたのだろうか。

俺の心に、悔恨《かいこん》が渦巻く。

もっと早く、彼女の気持ちを察していたら――否、それで何ができた？　ありすの言うとおりだ、より別れがつらくなるだけじゃないか。

ありすはこのときから、自分の死期を予感していたのだろう。

彼女には『ブル・フル』の知識がある、己の身体がどれだけもつのかわかっていたのだ。

ありすはいつか死んでしまい、俺たちは永遠に分かたれる。

そのとき、俺たちが恋人のように親密になっていたら――互いに離れられないぐらい、くっついていたら。引き裂かれる痛みは、より酷いものとなる。

俺にその痛みを背負わせないために、あえて距離をおき、役目に徹しようとしたありすの覚悟。その反動が、部屋でのこの異常な――否、やや個性的な行動なのだろう。

『いやです……』

ありすが呻《うめ》く。

『終わりにしたくない。ずっとこのままがいい――どうして、こんな……』

声には涙が混じっていた。

駆け寄って、支えてあげたかった。

でも、距離も時間も遠い。だけど、まだ遅すぎるわけじゃないはずだ。

俺の心に、決意が芽生えていく。白兎と目があった。こいつは、俺にありすの抱えたものを伝えにきてくれたのだ。

鈍感な俺が、いつまでも気づいてやれなかったから。

『死にたくない……』

ありすは達観し、諦めて、粛々《しゅくしゅく》と死んでいこうとしている。

でも、病室で見せたそんな彼女の態度は——長い苦しみを経たあとの、闘病生活の果ての悟りだったのだ。

非人間的な態度だと思った。あまりにも冷淡すぎて、理解できないと。でも、ちがっていた。彼女は痛みを見せなかっただけで、痛くないわけじゃなかったのだ。

『助けて、春ちゃん……。死にたくない、お別れなんてヤです……』

俺の前では、けして口にしなかった言葉。

ようやく、届いた。

わかったよ、ありす——今度こそ、俺はおまえの気持ちを踏みにじりたくない。裏切って、逃げたくない。助けてやる、俺にできることなら何でもする。

いじらしいその後ろ姿に、そう声をかけたかった。

『ありすと〜』

不意に、ありすが顔をあげて、謎の発言をする。そして、かたわらに置かれたハンドパペットを手に嵌《は》めると、ぱくぱくっ、と口を動かした。

『テレスの～』

そのハンドパペットはテレスという名前らしい。

『今日の春ちゃんのコーナー♪』

何か始まったぁぁああ⁉

それから、ありすは人形と一人二役でその日の俺の行動をちくいち語りあい『そのときの表情がきゅんきゅん』『春ちゃん萌え萌え♪』『ハァハァ可愛いよ春ちゃん可愛いよ』とか言って身悶えし始めた。正直キモチワルイが、ありすはこうやって死の恐怖を堪えていたのだ。

でも、何で――俺なんだ。

それは、最初からあった疑問だった。

命懸けで俺を助けてくれた、ありす。俺は、むかし彼女を傷つけたのに。

――血まみれで倒れている、巫女装束《しょうぞく》の少女。

俺たちはむかし友達で、でも決別し、俺は逃げて――彼女を置き去りにした。怨《うら》まれていてもよかった、それが当然だった。なのに……。

「本人が話したがらないから、俺がお節介を焼くぞ」

白兎が、何だか真面目な態度をとるのが恥ずかしいのか、やや早口で語ってくれた。

「むかし、姉ちゃんは深刻な失敗をした。おまえも見たはずだ、そのとき姉ちゃんは大怪我を負った」

　まさに、そのことを回想していたので、俺は驚く。

「それは、天裏の巫女には決してゆるされない、下手《へた》をすれば勘当《かんどう》されてもおかしくないことだった。野球選手が金属バットで通り魔をしたようなもんなんだ、実際」

「そんな――」

　俺には神社の内部事情がわからないし、あのとき何が起きたのかもよく理解できなかったから。ありすが犯してしまった過《あやま》ちが、どの程度の罪だったのかは実感できない。

「俺の、せいで」

「おまえのせいじゃないよ、あれは事故だ。むしろ、気に病むべきは俺なんだけどな」

「あ？　何でおまえが？」

「まぁ、俺のことはいいよ。ともかく、姉ちゃんは厳格な母親に責められ、折檻《せっかん》されて、懲罰として東北の神社に送られた」

　白兎は、悔しそうに唸った。

「あの母親は巫女としては優秀だったが、人格的に問題のあるひとで、ありすに人間らしい幸福を一切与えなかった。ありすは親に抱っこされたこともない、だからそういうのをすごく求めてる」

そういうの、甘やかすこと——ううん、人間としての当たり前のあったかさを。俺はそれを、すこしでもありすに与えられただろうか。

俺が怪奇現象に怯え、神社から足を遠ざけて日常に耽溺《たんでき》してる間に——ありすは非人道的な扱いを受けて、ひとりで苦しんでいたのか。

「東北の神社に、霊能力者がいるなんて嘘だ。あそこは、ただの厳しい修行場だ。ありすは徹底的に人間性を否定され、滝に打たれ薪《まき》を割り広い神社の雑巾《ぞうきん》がけをして幼少期を過ごした。今でもあいつがうまく笑えないのは、人格形成がされるべき幼いころに誰からも笑いかけてもらわなかったからだ」

虐待《ぎゃくたい》された子供は、笑顔を失う。

ありすは——。

もちろん、神社の連中に彼女を虐《しいた》げている自覚はなかっただろうけど。それは、ちいさな女の子が直面するには、あまりにも寂しく痛々しい吹雪のごとき生活だった。

彼女は、ゆっくりと雪で覆われるように、冷えていったのだろう。

そして、無表情の仮面で己を守り、野生動物みたいに、誰にも弱みを見せない癖がついて——。

独りぼっちで、生きてきたのだ。

「母親が死んで、ありすは天裏神宮に戻された。でも、東北の神社にいる間は一切、天裏の巫女としての修行はできなかった。痛めつけられてただけだ。知識も半端にしか受け継がれず、だからありすは半人前のままなんだ」

彼女がやたらプロフェッショナルにこだわるのも、そのあたりに由来がありそうだった。ちゃんとしないと、母に叱られる。また失敗し、東北の恐ろしい神社に送られる……。

それは彼女の、トラウマなのだ。

だから意地でも、自分が一人前なふりをする。虚勢をはり、彼女にはあまりにも重たい負荷を請けおう。そして破滅していくのだ。泥沼だった。

「あいつはずっと人間として扱われてこなかった。よくて珍獣だ。だからこそ、ちいさなころのおまえとの子供らしい遊びが、触れあいが、どれだけ幸せだったか」

この国に数すくない本物の霊能力者、天裏の巫女。その、唯一のこども。

彼女は保護され、しかし、けして愛されなかった。

俺だけだったのだ。ありすの手をひいて、遊びに誘ったのは。

鬼ごっこをして、チャンバラをして、泥玉をぶつけあった――。

神社の境内で、疲れきって両手両足を投げだし、大の字になって猫のきょうだいみたいに眠りこけたのは。

笑いあったのは。

彼女の友達だったのは。

「おまえにとっては、何気ない——子供のころの思い出のひとつだろう。でも、姉ちゃんには『それだけ』しかないんだ」

そんな彼女が、俺に別れを告げた。

たったひとつの大切なものを、自ら放りだした。

『出会わなければよかった』なんて、哀しい嘘をついてまで——。

「それを、伝えておきたかった」

白兎が、いつもの飄々《ひょうひょう》とした態度をかなぐり捨てて、真摯《しんし》に訴えてくる。

「正直、俺にはおまえに『姉ちゃんを助けてくれ』なんて言えないよ。姉ちゃんは、勝手におまえに依存して、他に誰もいなかっただけで——おまえには、姉ちゃんを救わなきゃいけない義務はない。それこそ、事故みたいなもんだ」

むしろ、悪魔のように、

「だから、選ばせてやる」

彼の人間らしからぬ深紅の瞳に、迫力が宿った。

「天裏の巫女には、人間の記憶を凍結し取り除く、禁断の技がある。おまえが望むなら、おまえの頭から真智《まち》ありすという女の子を、彼女との思い出のすべてを除去するように取りはからうこともできる——ってわけだ」

記憶の削除。

都合の悪いデータを消し去るみたいに、俺の人生からありすを取り除く。

「おまえにはそれを選ぶ権利がある、誰もおまえを責めない」

白兎はこちらの反応を見定めるように、ゆったりと語っている。

白兎が示したのは、ある種——魅力的な提案だった。俺は、疲れきっていたし、何でもない日常に戻りたかった。妹の飯をつくって、桃子《ももこ》と登校し、白兎と他愛ない会話をして。

でも、もう——ありすを置き去りにして、そんな幸福のなかに戻れない。

彼女を犠牲にしてまで。

それを選んでしまったら、俺は、今度こそ自分自身に幻滅してしまう。俺は己を、心底から軽蔑してしまう。

「俺さ、幸せすぎてさ」

俺は、取り留めもなく語った。

「家族に、桃子に、友達に——もちろん、おまえにも。そして、ありすにも……甘やかされて、支えられている。優しくされてる、傷つかなくていいように。だから、鈍感になっちまった。痛みっていうのが、どんなものか忘れちまうぐらいに」

それは、幸せってことなんだと思う。

ひとりの人間として、望むべくもない、輝きのなかで俺は生きていた。

「でも、だからこそ——いちどぐらいは、それを返したいよ」

周りのひとたちに、ずっと守ってくれたみんなに。

傷を肩代わりし、痛みに涙することがあっても、俺は恩を返さなくちゃいけない。いいや、そんな義務感だけじゃない——そうしたいんだ。

でないと、俺はもう、一秒だって呼吸して生きていけない。

知ってしまった。

すべてが、反転する。

ありすの冷たい態度、揺るがぬ無表情、罵りの言葉——ぜんぶが、その意味を逆転させる。その奥に隠された、あったかい気持ちを、理解させる。深く関わらないために、俺を傷つけないために彼女がまとった冷たい雪……。

その下から、彼女の本音が芽をだしたのだ。

それが枯れて萎《しお》れて死んでしまう前に、俺は手を伸ばさなくちゃいけない。両手で包んで、守らなくちゃいけないんだ。かじかんで、震えることになっても。

ありすを助けたい。

心からそう思った。

俺は、彼女のたったひとりの友達だし。

いじらしい彼女を、愛おしく思うから。

「どうすればいい？」

この期《ご》に及んで白兎にそう尋ねるしかない俺に、落胆しそうになるけど。

「へへ、やっぱりおまえは良いやつだよ」

白兎は嬉しそうに。

「俺にできるのは、先延ばしにすることだけ——時間稼ぎだけだ。その間に、おまえが考えるんだ。厳しいようだけど、おまえじゃないとだめなんだ。姉ちゃんを救えるのは、たぶん、おまえだけだ。姉ちゃんの雪をとかして、あっためてやれるのは……」

俺の肩を叩き、白兎は心をこめて。

「頼んだぜ」

わかってる。

もう二度と、彼女から逃げない。

7

もう五月も半ばなのに。

うららかな春、と呼ぶにはやや肌寒い。

だらだらと居残った冷気のなか、けれど、むしろ俺は汗を拭う。暑苦しい——身体の内側から炙られる俺は、忌々《いまいま》しく空を見つめた。

平日だ、日ものぼらぬ早朝である。

まだ登校する生徒たちすら姿を見せていない、朝靄《あさもや》のなかの天裏神宮。茂みの奥に身を潜ませていた俺は、ごろごろ、という異音に気づいて顔をあげる。

見ると、ありすが旅行トランクを押しながら、歩いてくるところだった。

昨夜、彼女は退院し――ひっそりと自宅の天裏神宮に帰っていた、と白兎から聞いた。

ありすからは当然、こちらに連絡はなかった。

いまだ本調子ではないのだろう、顔色は紙のように白く、ふらふらしている。

けれど覚悟を決めたような面持ちで、真っ直ぐにこちらに向かってくる。

当然、彼女が目指している場所は……。

「待てよ」

近づいてきた彼女の前にでて、声をかけると――ありすは冷たい無表情のまま。

「春彦」

何となくこうなるのがわかっていたような、呆れたような態度だ。

「何をしているのですか」

すこし、嬉しそうですらあり、それを必死に噛み殺しているようだ。そんな自惚《うぬぼ》れをしてもいいのだろうか、ただ迷惑をかけているだけかもしれないのに。

俺よりほんのすこし年上のお姉さんは、仕方ないですね、とこちらを眺めるのみ。

「応えなさい、春ちゃ……春彦」

親愛に満ちた『春ちゃん』という呼びかたを言い直す彼女は、あの映像を見た今の俺には——非常に違和感があった。

己の気持ちを隠しつづけ、蓋をしつづけてきた彼女。

いじらしい、と感動する以前に、卑屈というか——腹が立つ。

そんなふうに他人行儀に、俺のことを信用してくれずに……。

「こんな朝早くにふらふらと出歩いて、親御さんが心配しますよ。それに、制服に着替えもせずに——もう、学校の準備をしていなくてはいけない時間でしょう？」

「今うちには妹しかいないし、携帯でいちおう連絡だけはしといたよ」

そう言う俺のすぐそばには、キャンプ用の寝袋と暇潰し用の携帯ゲーム、あと食べ物の入ったビニール袋などが置いてある。それらを見つけて、ありすが眉をひそめた。

「というか、朝からではなく——もしかして夜からですか？　ここに泊まったんですか、私有地に勝手に？　警察のお世話になりたいんですか？」

むしろ心配そうに、ありすはこちらに歩み寄り、問いつめてくる。

「応えなさい、春彦」

腰に手を当て、居丈高《いたけだか》に。

「事と次第によっては、ゆるしませんよ。きみがしたことは軽度とはいえ不法侵入などの犯罪です、不審者に襲われてトラブルになる可能性もありました。何でこんな——」

「あぁ、うるさい。一方的にまくしたてんなよ、俺だっておまえに聞きたいことがあるんだ」

あえて強気な態度で、俺は踏みこむ。

「おまえ、そんな大荷物を抱えて、どこに行こうとしてたんだよ」

その質問に、ありすは「はっ」と我にかえって、しどろもどろに弁明した。

「だから、そのう——言ったでしょう、東北の親戚のところです。霊能力者に、治療していただくのですよ。し、新幹線の時間が早くて、早朝に出発することになったんです。きみには、あとで一報をいれるつもりでした」

「ほう、新幹線にな。切符はちゃんと買ってあんのか？」

「え、切符——も、もちろんです」

何のことだろう、みたいな顔を一瞬した、世間知らずのありす。神社というちいさな世界で引きこもってきた彼女が、退院から一日も経たずにそんな手配を終えられるとは思えない。口から出任せだ。

「どこの駅から、どういう順路でどこの県のどういう駅へ向かうんだ？　所要時間は？　何て名前の新幹線に乗るんだ？　こんな時間に、新幹線のある駅まで向かう電車は近所の駅からは発車してないぞ？」

「それは、えっと――タクシーとかを、拾います」

「親戚の神社にお世話になるっつったな」

俺はさらに踏みこみ、ありすはそのぶん後ずさる。

まだ、距離は遠い。

「その旅行トランクのなか、見せてみろよ。お泊まりの準備なら、着替えとかだけでいいよな。それにしちゃあ大荷物だ、生活用品の一式が入ってるんじゃないのか。どんな場所でも暮らしていけるような、サバイバル用の――」

トランクに手をかけると、ありすが必死にそれを防ごうとする。

「ちょっと、何するんですか！　ひとのプライバシーを――きみの言ったようなものは入ってません、ただの着替えとかです！　下着とか、……変態！」

「『ブル・フル』に行くんだろ」

俺は率直に、お為《ため》ごかしを無視して言った。

「あの冷たい異界に」

だいたい、駅へ向かうなら参道をとおって石段をおりる方向へ向かうはずだ。こっちには、森があるだけで、町中へでていくには見当ちがいの方向である。

ここは、『ブル・フル』に繋がるちいさな細道、その最中だ。

「白兎にぜんぶ聞いた」

俺は犯人を追いつめるような自分の口調に、むしろ腹立たしさをおぼえる。

「おまえ、死にに行くつもりなんだろ。あの異界で死ねば、『ブル・フル』の住民は他に取り憑く先を見つけられずに、そこに留《とど》まらざるを得ない。こっちの世界にこようとしたら、白兎がとめる」

それは、ありすの捨て身の決断だ。

「そうして、おまえのなかに巣くった『ブル・フル』の住民がいなくなれば、この町はすこしあったまる。そいつらが歪めた俺の体調も健全な方向へ回復するかもしれない。春になって、俺は佐保姫さまの加護から解放される――めでたし、めでたし、ってか？」

やっぱり、それでは――ありすを生《い》け贄《にえ》に捧げるようなものだ。

「ふざけんな」

「白兎に相談したのが、間違いでしたかね。あの子が、そこまでお人好しになってるとは思ってもいませんでした。いいえ、愚かになっているとはね」

冷然とした態度で受け流すありすに、俺は我ながら余裕がない態度で、凄む。

「そう、白兎に教えてもらわなければ、俺はおまえのそんな決断に気づくこともできなかった。呑気に、おまえが東北で霊能力者とかに治療を受けてると信じこんで、へらへら笑って毎日をすごしていたはずだ。今ごろ、ありすは元気でやってるかなぁとか思いながら――」

言ってるとむかついてきて、俺はぎゅっと拳をにぎった。

「このっ……」

びくっとして身を竦《すく》ませるありすの目の前で、俺は自分の顔面をちからいっぱい殴った。

「ばかやろう！」

頭に衝撃が響き、俺はぐらりとよろめいた。

「春ちゃん⁉」

青ざめるありすの目の前で、俺は「ばか！　間抜け！　この愚かものめーっ！」と俺をタコ殴りにした。他に殴ってくれるひともいないし。

「ななな、何してるんですかもうっ——やめて！」

ありすが俺の両腕に縋《すが》りつき、自傷行為と呼ぶにも他愛ない俺のやりくちを制止する。

俺は彼女の凍てつくような指先の感触に、むしろ安堵した。

「変な真似はよしなさい、何でこんなことするんですか！」

叱ってくる年上のお姉さんに、俺はふてくされた態度をとるしかなかった。

「だって、おまえを殴るわけにはいかんだろ。病みあがりだし、女の子だし。むかしはよく取っ組みあいの喧嘩をしてたけど、今はもう無理だ」

「だからってこんな——あぁもう、男の子ってよくわかりません」

途方に暮れたようなありすに、俺は顔を近づける。

「いいか、今から俺は情けないことを言うぞ。幻滅せずに最後まで聞いてください」

「強気なのか弱気なのかどっちなんですか……」

「あのな、ありす」

俺は呆《あき》れ顔のありすに、心をこめて告げる。

「もうちょっと、俺の気持ちを考えてくれよ。情けないし、今までおまえに何もしてやれなかったから、こんなこと言う資格はないかもしれないけど。おまえがさ、東北でがんばってるって信じて、それでいつかおまえが人知れず亡くなってたことを聞いたら――」

そのことを想像すると、ぞっとする。

「俺は耐えられない。これまでも、同じような失敗を何度もしてきた。鈍感で、ひとの気持ちがわからなくて――傷つけて、俺だけが何も背負わない。そんなのはもう嫌なんだよ。俺にも関わらせてくれよ、俺を置いていくなよ……」

「きみが、気に病む必要はないのですよ」

ありすは俯くと、そっと手を伸ばし、俺の頭に添える。

また子供扱いだ。つまり、駄々をこねる幼児を教え諭《さと》す態度だ。

「他に、方法がありません。わたしだって、死にたくない――でも、どうしようもないんです。わたしの身体は限界です、遠からずに命を失う。でも、そうなるとわたしの身体から『ブル・フル』の住民が飛びだす、そしてそばにいる誰かを襲う」

決意をこめた瞳で、こちらを覗きこんでくる。

「わたしで終わらせなくてはいけません、こんなことは。それが、せめてもの、最後の天裏の巫女としてのわたしのけじめです。責任です」

胸に手を当て、必死に。

「ここで、わたしを引き留めて——それで、いったいどうなるんです。よく考えたのですか、思いつきで行動しないで。わたしはもう限界です。何度も倒れ、そのたびに騒ぎを起こす。付きあってくれるんですか、他人でしかないきみが？」

ぎゅっと拳を握って、歯がゆそうに。

何かの言葉を求めていて、でもそれが俺の口から発せられると、一切期待していない。捨て鉢《ばち》な、哀しい態度だった。

ずっと独りで生きてきた、ありす。

他人に支えてもらうことを、甘えることを知らない。俺とは真逆に育ってきた——冬に生きる、彼女。

「何のために？　何のメリットがあって？　治る見込みもないのに？　一生、わたしに付きあって暮らしますか？　いつ炸裂《さくれつ》するかわからない時限爆弾と一緒に？　周りに迷惑をかけながら？　わたしはそんなの我慢できない！」

ついに声を荒らげて、涙すら浮かべると、ありすは懇願してくる。

「お願い、帰って――春彦。すべて、忘れるんです。再会などしていなかった、わたしなんかいなかった……。くだらない罪悪感と同情から、わたしの邪魔をして、何になりますか？　冷静になりなさいよ。いいえ、大人になりなさい」

　年上ぶったそんな言葉は、俺の心まで届かない。

　その場を動かない俺に、ありすは焦れたように。

「最初から、きみの前に姿を現さなければよかったです。ずっと見てるだけでよかった、きれいな思い出にしておけばよかったのに」

　こちらを見据《みす》えて、低い声で。

「そこを、どいてください。これが最後のお願いです、春彦。それとも、また同じことを繰りかえすんですか。わかりあえずに決別して、傷つけあった記憶だけを残して終わりますか？」

「そう、あのときに似てるな」

　ありすを理解しきれずに、彼女を傷つけて――俺は逃げた。かつて、幼かったころに。

　このままじゃあ、あのときの二の舞。いや、取りかえしがつかないという点ではなお悪い。

　今回、また巡りあえたのが奇跡みたいなものだった。

　二度はない、ありすの言うとおり――これが最後だ。

「でも、同じじゃない。繰りかえしたりはしない、今度こそ俺はおまえから逃げない。おまえを助ける、ぜったいに」

それが、かつて血を流させた彼女への、俺の贖罪《しょくざい》だ。

ううん――意地みたいなものだ。子供の我が侭と呼びたいなら呼ぶがいい。

「何の根拠があって、そんなことを言うのでしょうかね。助ける？ わたしを？ どうやって？ 格好つけないでください、何もできないくせに！」

まるで信じていないありすに、俺は訴えるのみ。

「必ず方法はある、それを探そう。お願いだから、諦めないでくれよ」

確信をこめて言った。

「いま、おまえは普通じゃない――後ろ向きなのは、『ブル・フル』の住民に支配されてるからだ。世界には幸せも希望もいっぱいある、おまえを救う方法もきっとある」

「素人が何を言いますか、わたしはプロフェッショナルです。そのわたしが、『もう無理だ』って判断したんですよ」

「おまえのそういう発言は、もう信じないぞ」

何がプロフェッショナルだ、半人前のくせに片腹痛い。

「俺だって素人だけど、おまえだって同じようなもんだろ。まだ俺たちが知らない何かがあるかもしれない。それを一緒に探そう――ぜんぶ諦めるには、まだ早いだろ」

「ずぅっと、苦しめというんですか。わたしが生きているかぎり、『ブル・フル』の住民は活動をやめない。熱を食いつづけ、わたしを蝕《むしば》む。今だって立ってるのもつらいのに」

ありすは無表情だが、その眉根は苦痛で歪んでいる。

「『ブル・フル』の住民は、ただ存在するだけで周りを冷やします。きみの言うとおり——後ろ向きにし、絶望させ、マイナスに染めあげる。負のエントロピー。人々の明るく前向きなちから、春のちからは溜《た》まらずに、永遠に春がこなくなる」

たしかに、この季節にはありえないほど、いまだ肌寒いほどだ。

「この国の美しい春が失われる、何もかもが破綻《はたん》するんです。農作物、潮流、人々の暮らしのすべてが。きみに、その責任がとれますか？」

「全体の利益のためにありすが消費されなくちゃいけないなら、俺は御免だ」

「春彦、聞きわけのないことを言わないで」

その表情に、鬼気が宿る。

浮世離れしたその鉄面皮《てつめんぴ》の奥に、苛立たしさと、殺意。

「でないと、きみを打ち倒してでも——ここを押し通らねばなりません」

その酷薄《こくはく》な雰囲気のなか、俺は動じずに、ぽつりと。

「『ありすと〜』『テレスの〜』『今日の春ちゃんのコーナー♪』」

ちいさく、囁《ささや》いた。

「…………」

ありすが、凝固した。

しばし、時間が止まったかのように沈黙していた彼女だが、やがて引きつった声で。

「……なぜそれを」

呻くようにつぶやくと、挙動不審に、手をあげたりおろしたり。

「白兎ですね。あの子が密告を——忘れなさい、春彦。わたしに、ぬいぐるみと会話する恥ずかしい趣味はありませんし、きみのことをずっと見ていたりもしません、気の迷いですそうです。あるいは見間違い、いいえ白兎がつくった合成映像です」

「俺を打ち倒していくというなら、いいぜ。久しぶりに喧嘩《けんか》をしよう、ありす」

なかば無視するようにして、慌てふためく彼女に告げる。

その耳元で、できるだけ優しく。

「でも、俺の言うことを聞いて、ぎりぎりまでおまえが死ななくてもいい方法をいっしょに探してくれるなら——付きあってくれるなら、俺は心ゆくまでお姉ちゃんを甘やかすよ」

「いま、何て」

「お姉ちゃん」

その単語に、ぞくぞくぞく、とありすが震える。

でも「はっ」と我にかえると首をふり、必死に俺を押しのけようとする。

「春ちゃ——春彦、いけない子。わたしを誑《たぶら》かそうとしても無駄です、もう決めたんです。他に方法はないんです！」

さっきまでのクールビューティ然とした態度をかなぐり捨て、それこそ子供みたいに主張する。その表情に赤みがさし、『ブル・フル』の冷たい雰囲気から遠ざかる。

怒りでも羞恥心《しゅうちしん》でもいい、彼女のなかに熱が生まれたならこっちのもの。

俺は手を伸ばして、ありすをそっとかき抱いた。あっためてあげたかった。

ありすは冷たく、か細かった。

こんな華奢なのに——ありすは今日まで重たい運命と孤独に、耐えてきたのだ。

「ありす」

腕のなかで身を竦ませる、氷の塊みたいな彼女に、俺は告げる。

「正直に言うよ、俺はずっとおまえのことを忘れてた。でも、また会えた。前は知らなかったおまえのいろんな表情や気持ちも知った。……大事にしたいよ。今度こそ」

この気持ちが、罪悪感から生まれたのはわかっている。

でもそれは、彼女との日々を重ねるごとにどんどん加熱され、俺のまだ知らない感情へと育っていった。それが、いわゆる近しい相手へのよくある親近感なのか、助けてくれようとした彼女への感謝なのか、あるいは異性愛なのかはわからない。

でも、このひとを二度と手放しちゃいけない。

その衝動は、俺のなかに確固として居座り、俺を突き動かしていた。

「どうしようも、ないんですよ――」

ありすは指先すら動かさずに、立ち尽くしたまま、されるがままになって。

掠《かす》れた声でつぶやいた。

「泥沼ですよ。永遠に同じ場所で足踏みして、徐々に疲弊《ひへい》していく。わたしもきみも――そんな未来がお望みですか？」

「そういう話は、もういい」

俺は、もっと強くありすを抱きよせる。

「もっと明るくて、楽しくて、幸せで、前向きなことを考えよう。それがいい――俺たちのそういう気持ちが集まって、この世界は春になるんだろ。春になれば、とりあえず俺への過度の加護はなくなる。余裕ができる、すこし前進だ」

希望の種を、いくつも示そう。

それが冷たく凝り固まった彼女を、花開かせる原動力になると信じて。

不思議の国で迷子になった彼女を、悪夢から救うために。

「ありすもそういう春っぽい、『ブル・フル』の住民が嫌うような感情をいっぱい抱くんだ。体温をあげてさ、そうすれば寿命がのびる。『ブル・フル』の住民が嫌がっておまえの身体から出て行くかもしれない、そこを退治するとかさ」

実際は、そんなに甘くないだろう。

あったかい気持ちは生まれるごとに『ブル・フル』の住民に食われ、彼らを肥え太らせるだけかもしれない。けれど、彼らが消化しきれないぐらいにありすを幸せにすれば——。

ありすを犠牲にして、辿りつくハッピーエンドなんていらない。

永遠に足踏みをすることになっても、彼女に死んでほしくない。

「面倒くさいことになりますよ」

ありすは、まだ納得していない顔で——でも脱力すると、俺の背中に手を回して。

噛みしめるように。

「わたしは、暗くて——後ろ向きで、冷たい、冬みたいな女。きみの努力はきっと、すべて徒労に終わるでしょう」

「任せとけ」

力強く、彼女の弱気を吹き飛ばすように言った。

自信はない、根拠もないけど——怯《ひる》まない。だって、ありすは何も悪いことをしていないのだから。このまま虐《しいた》げられ、命を失うなんて間違ってる。

佐保姫さまが神さまなら、俺の祈りが届いてほしい。

あんた、俺を加護してくれてんだろ——。

「必ず、ありすを幸せにする」

愛の告白みたいになってしまったが、ありすはそれを聞いて――目を閉じると。

「春彦」

確かめるように、俺に触れた指先を、すこし動かして。

「いつのまにか、おおきくなったんですね――春ちゃん」

さぁ、今度は俺が無茶をする番だ。

8

その日の夜だった。

けっきょく学校をサボって、俺たちは語りあった。ありすにご飯を振る舞ってもらったりしながらも、ずうっと。

話はどんどん脱線し、互いに知らなかった――ちいさなころから現代まで。別れたあとの生活や、してきたこと、思ったことなどを埋めあった。

十数年ぶんの欠落を、俺たちは補いあう必要があった。

痛みも哀しみもどうでもいいものも、すべて共有したかった。

俺たちは、もしかしたら――これから先、ずぅっと一緒かもしれないのだから。嘘をついて、誤魔化して、格好つける必要はなかった。どうせ、ぼろがでる。

話題は尽きず、心地よさのなか──日が沈み、ありすが不意に。

「お花見をしましょう」

と言いだした。

もうお花見シーズンでもないが、室内に閉じこもっているのは勿体《もったい》ない。ありすは台所へ行って食べ物や飲み物を持ってきて、晩ご飯ついでに──と俺を誘ってくれた。

べつに断る理由もないし、この町で暮らしていても桜はけして見飽きたりしない。

俺は丸めた茣蓙《ござ》を運ぶ役目を請けおい、ふたりで静かな神社を歩いた。

かろうじて桜は五分《ごぶ》咲き、といったところ。それを目当ての観光客がそれなりにいて、地元のひとなどと混じって酔っぱらっている。

あまり、ゆっくり話せそうな感じではないけど。

「こちらです」

すこしだけ表情がやわらかくなった気がするありすは、わずかに微笑んだ。

「穴場があるのですよ」

彼女は巫女装束である。

天裏の巫女にとって桜は特別なものだから、正装して相対するのが当然である云々《うんぬん》。生真面目なやつだな……。

「巫女が管理している区域で、一般人の立ち入りは──っと、あれ？」

驚いて、ありすが目を丸くする。その穴場とやらには、さっきよりはすくないがわずかにひとが入りこんでいた。誰もが人目を忍ぶカップルらしく、いちゃいちゃとした、独特の淫靡《いんび》な雰囲気を漂わせてやがる。

「えぇっ……っと」

ライトアップがされておらず、月光にのみ照らされた夜桜は美しかったけど。どうしたもんか。恥ずかしげもなく肩を寄せあっているカップルたちを眺めて、俺たちは互いに顔を見あわせるしかなかった。

「んもう、仕方のないひとたちですね」

ありすはくちびるを尖らせて。

「でもまぁ、わたしたちも不法侵入みたいなものですし——お目こぼしするべきですかね。普通の場所より、人気がないのは事実ですし。わ、わたしたちもカップルみたいなものですし……♪」

なぜか嬉しそうなありすと協力して、お花見の準備をしてみた。

まぁ、周りを気にしなければ絶景だ。さすが、穴場というだけのことはある。

俺が感動している横で、ありすは茣蓙を敷き、重石を置いて固定したり、重箱や飲み物を並べたりしている。そして、靴を脱いでちょこなんと腰かけると。

「春ちゃん、何をぼうっとしてるんです——おいで」

両手を広げて、招いてくれた。

吸いこまれそうだった。

お姉ちゃん！　と抱きつきたくなったが、こいつは俺のお姉ちゃんじゃなかった――あれ、本当にそうだったっけ。お姉ちゃんだった気がする、とフラフラ俺も靴を脱ぎ彼女の横へ。あまり広い茣蓙ではないので、肩が触れあう距離。

「月明かりだけでの夜桜、というのも風情があってよいでしょう」

たしかに、侘《わ》び寂《さ》びって感じだなぁ。

まったりしていたら、ありすが「どうぞどうぞ」と重箱に詰まった豪華な弁当を差しだしてくれる。でも俺は食欲よりも、いまは眠気がすごかった。

「ふああ」

欠伸《あくび》をして、目元を擦る。

昨晩からずっとありすを待って張りこみをしていたし、とりあえず一安心と思ったら気が抜けて急に睡魔が――いかん、ありすを楽しませてあげたいのに。

「眠たいんですね、春ちゃん」

でもなぜか、ありすはむしろ嬉しそうだった。

「こっち、おいで――もっと、そばに」

俺の肩を自らに寄せて、その胸元に導いてくれる。ふんわりと柔らかく、そのくせ冷え冷えとしていて——熱を孕《はら》んだ俺には心地よかった。

あぁ体温が急激に低下すると、眠くなるんだっけ。

「疲れているのでしょう、ごめんなさいね。すこし、寝てもいいですよ。お姉ちゃんが、お布団になってあげます。ぎゅって、してあげてますからね」

お姉ちゃん……。

何かいけない深みに嵌《は》まりそうだったが、えぇっと——まぁいいか……。心地よいし、本格的に眠い。陽が落ちて、肌寒いぐらいだから、ありすの身体が俺にあっためられれば、すこしは彼女の助けになる。

触れあっているのは、お互いにとってよいのだ。

だから、まぁ、いいか……。

…………。


「——っと」

意識が飛んでいた。

微睡《まどろ》んでいたようだ。

うとうとしていた俺は、ふと我にかえる。ありすの冷たいはずの肌が——何だか、とても熱いように思えた。訝《いぶか》しくて、目が醒めてしまうぐらいに。

「……あれっ？」

不思議に思って顔をあげると、気がつかないうちに体勢が変わっていた。俺は桜の樹に身体を預けていて、ありすがそんな俺の胸元に頬を寄せている。真横から、きゅっと抱きよせるようにして。

「春ちゃん……♪」

その表情はとろんとしていて、甘えんぼさんな感じで——これは、覚えている。あの映像のなかで見た、カーテンの奥に隠されたありすの素顔だ。

俺が起きていることに気づいていないのか、すっかり安心しきっているようで、いつもは隠しているふわふわ笑顔。

「ごめんなさい、心配をかけてばかりで——」

小声で、謝ってくる。

ちがう、ありすは何も気に病む必要はない。

白兎に手伝ってもらって、ありすを引き留めて、時間稼ぎまでして——いまだにすべてを解決する妙案を思いつかない。

「春ひゃん」

役立たずの俺を、それでもありすは愛しそうに撫《な》でている。

「かわいい、きゃわいい、わたひの——春ひゃあん♪」

あれ、何か呂律《ろれつ》が回ってない気がする……。

見ると、ありすは風呂あがりのようにのぼせていて、耳まで真っ赤だ。ふらふら、とろとろ。巫女装束も肩がまろびでるぐらいの半脱ぎで、たいへん色っぽいけど——これは、もしかして。

彼女は紙コップに用意した飲み物を注ぎ、くくくっ、と思いっきり傾ける。飲み干し、ぷはぁっ、と独特の熱をもった息を吐いた。

えぇっと——。

もしかしなくても、この飲み物って。

ありすを変な感じのテンションにしてしまう、あの禁断のアイテムなのでは。

同時に、気づいた。

ありすの（たぶん酔っぱらったことによる）体温上昇に引きずられて、俺の身体も焼けるように熱くなっている。熱はありすという逃げ場を失い、周囲を加熱させ——つまり、佐保姫さまの加護を受けたいちばん最初のときのように。

周りのひとを、無差別に幸せにする。

喜び、楽しみ、嬉しさ——興奮、そういった感情を導き、助長して、周囲を浮き足立たせる。春にしてしまう。

今回は、これまでの比ではなかった。俺がうとうとしてるうちに身体のなかから溢れだした佐保姫さまの祝福は、絨毯《じゅうたん》爆撃のように周りでいちゃついていたカップルたちを蹂躙《じゅうりん》していた。

当然、命に危害が及ぶようなものではない。

けれど健全な青少年としては、むしろこっちのほうがヤバい気がする――あちこちから、妙に艶《なま》めかしい声なんかが響いてきている……。

ええっと。

どう考えてもこれは、男女のいわゆる――そこまで考えて、気づいた。俺の身体もかってないほど熱いが、それ以上に頭がふわふわする。やけに昂揚《こうよう》し、思考がおぼつかない。俺も、まさに酔っぱらったみたいになってる。

いちばん酷いのがありすで、酒もくわわり視点はおぼつかず、にゃむにゃむと譫言《うわごと》を口にしながら俺の身体をやたら触る。そのうちにさらに体温があがって、目はぐるぐるし、やたらよだれを拭っている。

「ひっく」

あがるのは、酔っぱらいのおくびである。

見ると、ありすが持参してきた飲み物はアルコール度数高めの日本酒や焼酎であった。生ビールとかもある。ちゃんぽんで酒を呑んだのか……。俺たち未成年なのに。いや、ありすの場合は「御神酒《おみき》です。巫女の作法です」とかのアホな理由で呑んだのかもしれないけど――。

俺はまずいと思い、すぐに飛び起きてありすに叫んだ。

「おいっ、おまえまた酒呑んだだろ⁉」

「にゃにがいけにゃいの、体温をあげりゅためでひょっ」

うわ、もう何言ってるかわからんぐらい酔ってやがる。

俺はありすを「ぐいぐい」引き離そうとしながら、でもしがみつかれつつ、つとめて冷静を装って言ってみた。

「よぉし、今日はもうお開きにしよう。楽しいお花見だったな、じゃあまた明日！」

「どこ行くにょっ、春ひゃん！」

逃げられませんでした。

俺はありすに縋りつかれ、体勢を崩して仰向けに倒れた。頭がごつんと桜の樹に当たる。

痛ぇぇ……。ありすは俺の腰のあたりに必死にむしゃぶりつき、目元に涙を浮かべて。

「春ひゃんはわたひのれひょ、置いてっちゃらめれひょっ――」

親を求める、ちいさな子供みたいに。

「もう、ひとりぼっちはヤぁあ――らひょ、春ひゃん……」

そのまま、泣きべそをかき始めてしまった。

酔っぱらいのたわごとだと、軽く流せるものではない。ずっと素顔を、本心を隠しつづけてきた彼女の、ようやく口にした素朴な願い。秘められていた、その気持ち。俺は、それを無視することなんてできなかった。

「ありす……」

この意地っぱりでか弱いお姉さんが、たまらなく愛しくなって――せめてその気持ちに応えてあげたい、と思ったとき。

「うへへ、春ひゃん♪　どれだけ育ったのか、お姉ひゃんに見せなしゃあい……♪」

ありすが、おもむろに俺を脱がそうとしやがった。

「うぉおいっ、何しやがる⁉」

反射的に、ありすをドツいてしまった。自分で思った以上の威力があったらしく、ありすが酔っぱらってふらついていたのもあって――彼女は、真横にぶっ倒れた。

そのまま「すや……すや♪」などと安らかな寝息をたてて、熟睡したようだった。あぁ、びっくりした……。寝ていても、ありすの指先はやたら俺に触れたがり、回避するのに難儀してしまう。仕方なく、彼女を抱きよせた。

満足したように、ありすはとろける笑みを浮かべる。

「むにゃむにゃ、春ちゃん――だぁい好き♪」

寝言で気が抜けるようなことを言っている彼女を、俺はぼんやり眺めた。

今のは、確実にやばかった気がする。

放っておいたら、俺とありすは……。

惜しいことをしてしまった気がするけど——まぁ、佐保姫さまの祝福とかで、勢いに流されてはいけない。俺は、ありすを大事にしたいんだ。うんうん。

それから小一時間ほど、俺は「でも……やっぱり……いや、駄目だ駄目だ！」と寝乱れてやけに色気のあるありすのそばで、煩悶《はんもん》しつづけたのだった。

放っておけない年上のお姉さんの寝顔を、眺めながら。

春が、近づいてきている気がした。

9

翌日。

俺は、激しい体温の上昇に見舞われて寝込んでいた。

どうやら、昨日のお花見で悶々としすぎたのが引き金になったらしい——性欲をもてあます、若い己が怨《うら》めしい……。身体の内側に熱湯が流れてるみたいだ。汗だくになり、大量に水を飲み、それでも収まりきらない感情と衝動が俺を悩ませていた。

「は、ハル、どうしたの？　だいじょうぶ？」

「近づくな！　今の俺に近づくなァーっ！」

「うぴっ!?　な、何なのもうっ——風邪薬とかいる？　ハル、真っ赤だよ？」

珍しく妹が心配してくれたぐらいだから、よっぽど酷い有り様だったのだろう。だが全身を春っぽい感情、つまり性欲とかに支配された俺は、妹すら押し倒してしまいそうで怖かった。

ともあれ休日だし、これ幸いにとごろごろしながら。

血まみれのありす……。

倒れ伏した、ありす……。

俺が傷つけてしまった、彼女――。

ありすのことを、ずっと考えていた。

ありすに関しては、もう二度と、なぁなぁに誤魔化したりしない。我が身かわいさに問題を先延ばしにして、彼女に痛みと重荷を背負わせるだけなんて、もう嫌だ。

――執行猶予は、終わったのだ。

そのまま、どうも俺は熟睡してしまったらしい。

いまだに酷く寝苦しかったが、妹がもってきてくれた解熱剤がきいたのか、だいぶリラックスできたようだ。

実際、それほど余裕があるわけじゃない。

佐保姫さまには悪意がない。俺の身体を蝕んでいるのは加護であり、善意だ。でも、ときには優しさがひとを殺すこともある。

熱のせいでぐるぐると落ちつかない、夢のなか。

俺は——不思議な対話をした気がする。

「おっす」

気がつくと、俺は制服を着て学校の教室に座っていた。

あまりにも日常的な、だからこそ違和感のある、奇妙な雰囲気。そこには俺と、なぜかいる白兎以外には誰もおらずに、窓の外も真っ暗だ。

「何だよ、白兎か——何の用だ？」

「あっれぇ、リアクションうっすぃなぁ」

白兎は残念そうにぼやいた。

「もうちょっと驚けよ、夢のなかに親友の白兎くんがでてきたんだぞ？　そして普通に会話できてるんだぞ、超常現象だろ？　うふふ、俺たち繋がってるーっ♪」

「何を言ってるのかわからん」

「……さいきん春彦が冷たい」

わびしそうに指をつんつんして、気持ち悪いことを言う白兎だった。

「まぁ冗談はともかくだ。おまえも理解してると思うが——このまま放っておいたら、ありす……姉ちゃんの身体は長くはもたない。だからこそ姉ちゃんを幸せにしてあっためることで、この世界を深刻に冷やしている要因を取り除け。大急ぎで、この世界を春にするんだ」

それは、ひとつの指標だった。

「そうすれば、おまえは助かる。佐保姫さまの加護が終わるからな。あくまでおまえに宿った高熱は春のちからを集めようとする佐保姫さまの祝福が暴走したものだ――もちろん、姉ちゃんの根本的な治療をしないとすべてが解決とはいかないが、進展はする」

当面は、それを目指すしかないだろう。

もちろん、俺は自分だけ助かるつもりはない。希望はあるのだと、俺たちは前進してるのだと――ありすに伝えて彼女を前向きな気分にできれば、それはひとつの成果になる。

「だが、なかなか春にならないのに焦れてんのか、佐保姫さまの加護が急激に昂《たか》ぶってるっぽい。おまえが高熱をだして寝こんでんのも、そのせいだろ。……だから、俺はちょっと集中しておまえの熱を抑える」

何でもないことのように。

「さすがの俺でも、強大な佐保姫さまを抑えるのは大変だ。全力を尽くさなきゃいけない。しばらくはおまえとこうして話もできない、助言をしてやることもできないからな」

「わかった、その間に――ありすを助ける方法を、絶対見つけてみせる」

白兎の口調は軽いが、ものすごい負担のはずだ。

なぜなら、彼は――。

「白兎、おまえってさ。結局、いったい何なんだ？」

根本的な問いを口にすると、白兎は平然と。

「わかってんだろ？」

いつもの軽薄な笑顔のまま。

「古来、巫女は自ら両目や耳を潰した。超常的なものを視認するために、五感を捧げたんだ。彼女らは神や霊、悪魔と対話する特別な立場で、同時に生け贄でもあった」

何を急にわけのわからんことを、とは言わなかった。

俺は黙って聞く。

「身体を、心を、巫女は常に捧げることで超常のちからを得る」

それは、つまり――。

「ありすは幼かったころ、その巫女の本質を知らずに、幼いやきもち――大事な友達が他の子をつれてきたことへの不快感から、意図せず巫女のちからを用いた」

姉のことを、ありす、と他人行儀に呼ぶ。

いや、白兎にとって、ありすは――。

「彼女の強い拒絶感と孤独、後ろ向きな気持ちに引き寄せられ、召喚されたのが俺だ。俺は同時に、巫女のちからを用いながらも身を守る術を知らなかった彼女の肉を、こっちの世界にくるときにごっそりと奪ってしまった」

幼いころ、たいせつな友達になっていたありすに、俺は幼なじみの桃子を紹介しようとした。

そのとき見せた、ありすの激しい敵意、失望。

そして、夏らしからぬ吹雪——血を流し、倒れるありす。

その原因がようやくわかった。

「肉体をもたなかった俺は、ただ便利そうだからって理由で、ありすの肉を、質量を奪ったんだ。そして、この世界で活動を始めた。こうして、人間の姿を模してな」

ありすの肌に残っていた傷跡は、そのとき奪われた肉の名残か。治療をし、再生はしても、痕跡は消えなかった。

「受肉だな、いわゆる。俺はありすの肉体から擬似的に出産された、彼女の子供ともいえる。そのぶんありすは肉と存在を奪われ、ひ弱に育ってしまった。おまえの前じゃあ無理してるけどな、ふつうのひとの半分の体力もないんだぜ？」

そんな彼女を、俺はつれまわし、負担をかけた。

倒れるのも当然だ。

俯く俺に、白兎は苦笑いする。

「だから落ちこむなって、そういう感情が俺らの餌なわけ——苦しくても笑えよ。それが、ありすを救うちからになる。ありすにとって、おまえとの再会は——ともにすごした日々は、苦痛や哀しみよりも、嬉しさや楽しさのほうがおおきい出来事だったんだ。だから、ありすはしばらくは体調が安定してた」

最後は、俺とありすはすれちがい、口論をして別れた。

ありすが倒れたのはその直後だった。

危ういバランスで成立していた彼女の体調を崩したのは、俺の不用意な発言だった。しっかりしなくてはいけない、あらためてそう思う。綱渡りをしている。

「もう説明しなくてもいいと思うが、俺は『ブル・フル』の住民だ。今、ありすを苦しめてる連中と同質の存在だよ」

あらためて、親友が人外だったと知らされても、俺はあまり驚かない。

白兎には浮世離れしたところもあった。俺に取り憑き、体温をさげる。こうして、夢のなかで会話する。どちらも、人間ではありえない行動だ。

「これでもお偉いさんなんだぜ。おまえらとちがって社会を形成してもいないから――まぁ、立場の上下は単純にちからの強弱なんだけど」

白兎はさほど得意げでもなく、どうでもよさそうに語る。

「だから、俺がそばにいるとありすは弱る。俺は自分の負の方向性を抑えるために、おまえの身体のなかに入る。俺の冷たいちからは中和され、この町は春へと向かう。自分で意識的に抑えもする、毎年そうやって春がくるのを邪魔せずにいたしな」

いま、春がこないのは、ありすの体内にいる『ブル・フル』の住民がそれを阻止しているからだろう。世界があったまれば、やつらは居心地が悪くなる。

そんな彼らの性質に、突き崩す隙があるような気がするが……。まだ、具体的な解決案は思いつかない。

「まぁ俺もありすには世話になったし、これでも罪悪感はある。すっかりこっちの世界を満喫できたし、何もない無味乾燥な『ブル・フル』で生まれた俺には、望むべくもない幸せな日々だった。自分が何者か、忘れそうになるぐらいにな」

白兎が、握手を求めるようにこちらに手のひらを差しだしてきた。

「姉ちゃんのこと、頼むよ」

生まれた世界はちがえども、彼らはずっと姉弟として暮らしてきた。

その絆は、誰が何と言おうと本物だ。

姉のために献身する白兎の気持ちに応えるため、俺は努力をしなくてはいけない。すべてを解決するために、またみんなで笑って暮らせるように。

「春彦、おまえには――けっこう期待してんだぜ。おまえは佐保姫さまに愛され、『ブル・フル』の住民だった俺と友達になれた希有な人間だ、特別なやつなんだよ」

ぎゅっと互いに手を握りあい、何だか照れくさくてすぐに放す。白兎は俺の肩を気安く叩いた。男友達らしくぞんざいな、でも嬉しい感触だった。

「じゃあな親友、……姉ちゃんを幸せにしてやってくれよ」

任せろ、と応える前に。

すうっと熱がひいていく、身体が楽になっていく。白兎が、俺のなかの佐保姫さまの加護を中和してくれているのだ。

執行猶予は、またわずかに与えられた。

白兎が時間を稼いでくれているうちに、俺たちはすべてを解決しなくてはならない。

終章　春よ、こい

1

深夜。

不思議な夢を見たあと。

物音に気づいて、寝入っていた俺は目を開いた。こつんっ、と窓を何かが叩く音がしている。気のせいかと思ったのだが、こつんこつんこつんっ、と苛立《いらだ》たしげに何度も響くので、俺は起きあがった。

白兎《はくと》のおかげで、体調は比較的よくなってる。

「何だ……？」

欠伸《あくび》を噛み殺しながら窓を開くと、ごつんっ、と石が俺のおでこにぶち当たった。

「ぎゃあ!?」

「あっ、ごめん」

そこには、窓を開いて隣家《りんか》からこちらを見ている桃子《ももこ》の姿があった。

「痛ぇな、用事があるなら携帯電話とかで呼びだせよ！」

「ごめんごめん、こっちのが早いかなって――反応なかったら、諦めようとも思ってたし」

そのわりには、執拗《しつよう》に何度も石を投げてきた気がするが……。

桃子としてもあまり気の進まない、できれば『俺が寝てたから』を理由にして明日以降に持ち越したい話題だったのだろうか。

「咲耶《さくや》ちゃんがさ、心配してたわよ」

むくれた顔で言うので、俺は思いだす。あぁ、そういえば昼間――いちばん体調が酷《ひど》かったとき看病してくれたのが妹だった。風邪薬とか、どこにあるのかあいつが知ってるわけないし、桃子に聞いたのだろう。

「……だいじょうぶなの？」

いろんな意味をこめた、問いだっただろう。

最近、俺は傍目《はため》から見て様子がおかしいはずだった。身体に宿った高温、佐保姫《さほひめ》さまの加護による周りの騒がしさ慌ただしさ、ありすとの交流――。

俺は心配性の幼なじみのために、素直に語った。

「むかしさ、おまえに『友達』を紹介しようとしたことあるだろ――覚えてるか？」

「あぁ……」

桃子はしばし思案して、頭の回転の早いやつだ、すぐに合点《がてん》がいったらしい。

「忘れてたけど、思いだしたわ」

溜息《ためいき》混じりに。

「夢だと思ってたけど。あの変な吹雪のなかにいた、巫女《みこ》っぽい女の子……。そっか、あのひとが――」

腕組みしてから、「春彦《はるひこ》ってほんと馬鹿」とつぶやいて。

真っ直ぐに、こちらを見据えてくる。

「春彦、あんた自分を何様だと思ってんの？　正義の味方？　超能力者？　ちがうでしょ、馬鹿で鈍感な普通の男の子でしょうがよ――ひとりじゃ無理だ、と思ったら頼りなさいよ。あたしじゃ、何もできないかもしれないけど」

その言葉が、すっと腑《ふ》に落ちた。

とても、ありがたかった。

桃子、おまえは『何もできない』やつじゃないよ。

むしろ、俺と桃子の立場が逆なら――ありすは傷つくことなく、こんな逃げ場のない事態になってはいなかったのかもしれない。でも、最初にありすを見つけたのは俺だ。あいつの友達になって、手と手を取りあい、あいつと仲良くなりたいと思ったのは。

助けたいと思ったのは。

ありすは俺の罪悪感の根本。傷つけて、いま命の危機に晒《さら》しているひと。

でも、それだけじゃない──もう、自分の気持ちに嘘《うそ》はつけない。

俺は、ありすが大事だ。

だから。

「あの日には、失敗したけど」

桃子みたいにうまくできないから、俺はゆっくりと前へ進もう。

「ぜんぶ解決したら、あらためて──あいつを、桃子に紹介するよ。あいつは俺のいちばんの友達で、守りたい、大切なひとなんだ」

「そっか」

茶化すことなく、桃子はすこし寂しそうに微笑んだ。

「じゃ、根性見せなさいよ。だいじょうぶ、あたしは知ってる──春彦は、やればできるんだから」

「ありがとう、母さん」

「だからあんたのお母さんじゃないってばそのネタいつまで引きずんのーっ⁉」

石だけでなくぬいぐるみやら目覚まし時計やらいろいろ飛んできたが、ともあれ──おかげで気合が入った。

「ありがとな」

もういちど小声でつぶやくと、俺はしっかりと頷《うなず》いた。

さぁ、幼なじみを嘘つきやろうにするわけにはいかないから、『やればできる』ところ見せてやらなきゃな。

2

幸せな生活がつづいた。

身体を炙《あぶ》られる不快感と、死の恐怖——それを上書きするような、かけがえのない日々。

俺とありすの間にはすっかり遠慮がなくなって、毎日いっしょにいた。傍《はた》から見たら、さぞかしバカップルだっただろう。

お昼はいっしょにご飯を食べ、手を握りあって会話し、いろんな場所へ行った。恋人どうしみたいに。まだそうでないのが不思議なぐらいに。

何かが、吹っ切れたみたいだった。

俺はよく笑ってくれるようになったありすを見られて、嬉しかったけれど。でも、ありすはどこか無理してるようで、ときおりふっと寂しそうな表情をすることがある。

ほのかな不安を抱えたまま、ほんとうの意味での春の到来を待ち望んだ。

暦としては、もうとっくに春なのに。

「春ちゃん、こっち」

すっかり、ありすから俺への呼称も『春ちゃん』で固定されている。

場所は地元からわずかに離れた、美凪《みなぎ》である。

俺たちの暮らす町からは電車ですこし、自転車でもこれる——という程度の距離。神社仏閣や個人商店などがある地元とちがって、このへんは高層ビルやショッピングモールなんかがあって、お洒落だ。

気軽に遊ぶなら地元で済むし、服飾店なんかもわりと値が張るのであんまりきたことがなかった——でも、今日は特別なのだ。

「おっす」

お花見のあと、ありすは俺にひとつの『お願い』をした。

それが、今日一日——ありすに付きあう、ということだった。

お願いと呼ぶにも些細《ささい》な、彼女の望み。

何を思ってありすがそんなことを言い始めたのかはわからないけど、これってデートだろ。俺は、すこし緊張していた。

「おまえ、またそんな寒そうな格好して——」

待ちあわせ場所の、ちいさな時計台がある公園。

集まってくる鳩たちを嬉しそうに眺めていたありすは、余所《よそ》行きの格好をしていた。いつもより、じゃっかん気合が入っているような。

「この季節に我慢大会みたいな格好してたらおかしいでしょう、これでも見えないところは防寒してますよ。ほら、お腹に春ちゃんが買ってくれたマフラーを巻いてます♪」

「マフラーもそんな部署に配属されるとは思ってなかっただろうな」

まぁ、マフラーを使ってくれてるのは嬉しいけど。

俺は見るからに浮かれているありすに、いちおう釘を刺しておく。

「命に関わる問題なんだし、見栄《みば》えなんか気にしてる場合じゃないだろ」

「そういうのは聞き飽きました――それに、今日はその、でぇとなんですよ？」

自分で言って照れてから「うん、でぇと」と噛みしめるようにつぶやいていた。

「憧れだったんです、こういうの……いけませんか？　約束して、待ちあわせして、『遅れちゃった。ごめんね、待った？』みたいなの――」

「いや、いいけど」

天裏《あまり》の巫女《みこ》として節制し、青春の輝きをすべて秘め隠して生きてきた彼女。

その、ちいさな女の子みたいな、誰もが当たり前に得ている幸福への憧れを――俺は肯定する。むしろ、応援したかった。

彼女の未来を閉ざした原因の一端は、俺にもあるのだから。

「待ちあわせしなくても、自宅に迎えに行ってもよかったんだけどな」

「だめです、様式美なんです」

しかし、ついにデートまでするようになったか。

お互いに告白なんてしてない、俺もありすへの気持ちがいわゆる異性愛の『好き』なのかわからない。罪悪感が邪魔をする。佐保姫さまの加護が、気持ちを盛りあげている部分もあるだろう。

ありすからの好意は、痛いほどに感じる。白兎が見せてくれた映像で、彼女の本音も知った。でも、それは果たして恋愛感情なのだろうか。

焦れったくも俺たちは、友達以上恋人未満のまま——。

「どうしました？」

「いや、何でもねぇよ」

変に意識してしまっている自分が恥ずかしく、俺は周りを見回して。

「しかし、このへんはすごい人混みだな」

「ひとがおおいとあったかくて、わたしはむしろ心地よいんですけど。まぁともかく、どうしましょう？　春ちゃん、このあたりには詳しいですか？」

「いや、あんまり——ランドマークタワーとか、有名どころはさすがに知ってるけど」

「いろいろ、調べてきました」

ありすが、付箋《ふせん》のいっぱいついたガイドブックを取りだした。

「行きたいところ、いくつかあります――ざっと説明しますから、春ちゃんの希望を言ってください。それで優先順位をつけてですね、どういうふうに廻るか決めていきましょう」

「やる気満々だな」

「えぇ、これが……ですから……」

「ん？　何か言ったか？」

小声だったので聞きとれなかったが、ありすは「いえ、何でもありません」と微笑む。

そして誤魔化すように、珍しい大声で言ったのだ。

「さぁ、今日は思いっきり楽しんじゃいましょう！」

3

「うわあ……☆」

ありすが大海原を眺めて、無表情のまま――。

「落ちたら凍えて死にますね♪」

声だけは楽しそうに、喜びの声（？）をあげている。

この町の知るひとぞ知る名物、『ピンクフェリー』とか呼ばれるものだ。フェリー、つまりこの美凪の海をぐるりと一巡りする遊覧船である。戦争時代の医療船を民間に払い下げたものを流用しているらしく、おんぼろだが、広くて立派だ。当時の船室や大砲（！）なんかも見学できる。

夜は美凪の高層ビルだらけの夜景を眺めながら運行するのだが、まだ昼前だし、そちらには期待できない。

いちばんの見どころは海岸線沿いにずっと並ぶ桜で、今年はまだきちんと春になってないせいか元気がないが、そのぶんまだ散ることなく五分《ごぶ》咲きをつづけていて――見慣れてるものとはいえ、けっこう綺麗だ。

船はそのまま海のかなり奥まで進み、なぜか魚や貝の養殖場を見学したあと（スポンサーか何かなのか？）、美凪からやや離れた中華街に降ろしてくれる。

海の景色を楽しみつつ、次の遊び場までつれてってもらえるわけだ。

料金はほとんど無料同然だし、高校生に優しい。

「海って、こんなに広かったんですね」

ありすが感慨深そうにつぶやき、船の欄干《らんかん》に手を添えて目を輝かせている。

最近、いつも無表情なありすの内心を、すこしは読めるようになってきた。こいつ、けっこう好奇心旺盛だよな。

「そりゃ広いよ、地球のほとんどは海なんだから」

「生命のお母さんですからね。お母さま……」

ありすが自分で地雷ワードを口にして、どんよりしかけたので、俺は話題を変える。

「今年は桜が本格的に咲かないまま、シーズンオフになっちまったし。観光客も、興味が失せたのかいなくなった感じだな。この船は、俺たちの貸し切りっぽい。ぜんぜん宣伝してないから地元民も知らないんだよ、これ」

「船になんて乗ったことないから、楽しいです」

「酔ったりはしてないか？」

「ええ」

気遣うと、ありすは嬉しそうにはにかんだ。

俺は愛おしいなぁと思いながら、ありすと並んで海を眺めつつ。

「ほんとは砂浜を歩いたり、水遊びをしてもよかったんだけど。今年はまだかなり寒いしな——冷春って感じだ。冷たい、春」

「春ちゃんは、冷たくなんてないです」

「あ、いや俺じゃなくて、季節のほうな」

「春といえば、わたしには春ちゃんです」

よくわからんことを言ってから、ありすは項垂れる。

「ごめんなさい。海で遊べないのは、わたしのせいですよね。こんな身体で、ごめんなさいね……」

「あ、いや――そうじゃなくて、悪いのは『ブル・フル』の住民だし。いやぁ、でも残念だな。ありすの水着が見られなくて！」

「水着なんて、は、恥ずかしいです」

ネガティブなことを言おうとするありすを遮《さえぎ》って馬鹿なことを口にすると、彼女は俯いて真っ赤になった。

「白兎の策略のせいで、風呂でお互い水着は見たじゃん」

「あのときは、酔っぱらってましたし――」

ありすは意を決したように、こちらを見あげて。

「でも、春ちゃんが見たいなら。見せてもいい……です、よ？」

服に手をかけようとするので、俺まで赤面しながら止める。

本来は肌なんか見せたがらない、照れ屋な女の子なのだろう。

いつか、お酒のちからとか借りずに、彼女の素肌を拝みたくはあるけど。それは今じゃない。フェリーの上って、風が強くて冷えるし。

「ごめんな、ちょっと寒いか？　やっぱり屋内での遊びのほうがよかったかな」

そっと欄干に置かれた彼女の手に自分のそれを重ねると、彼女は「あっ……」と驚いた声をあげたが、べつに抵抗せずに受けいれてくれた。

「いえ、だいじょうぶです。びっくりするぐらい、体調がいいんですよ。楽しいんでしょう、だから『ブル・フル』の住民が活動できない。春ちゃんの、おかげです」

きれいな、俺にだけ見せる無邪気な笑顔で、ありすは語る。

「春ちゃんはいつも、名前のとおりに、わたしに春を届けてくれる」

噛みしめるように。

「ちいさくてつまらない、雪に閉ざされたようなわたしの世界に、幸せの桜を咲かせてくれる」

ごく、自然に。

「春ちゃん。わたし、きみが好き」

あまりにも何気なさすぎて、それが愛の告白なのか——単純な親愛を表現しただけなのか、俺には判断できなかった。

でも、身体が内側からぽかぽかとした。

ありすは意外とアグレッシブに、おおきく欄干から身を乗りだして、手を広げた。はしゃいでいる、珍しく。でも、そんなありすも魅力的だ。

海鳥が鳴いている。

「こういう映画がありましたね。さぁ春ちゃん、後ろから抱きしめてください」

「それはたぶんタイタニックだと思うぞ、縁起の悪い――」

「浪漫《ろまん》ちっくです。沈みゆく豪華客船で育《はぐく》まれた、純愛……♪」

「そういうのが好きなのか。じゃあ動くなよ――おりゃあっ、抱きしめてやる！」

おおきく手を伸ばすと、ありすは「ひゃっ」と驚いて飛び退いた。

危うく、海に落下しかける俺である。

「なぜ避ける」

「だ、だって何か急に恥ずかしくなって――後ろからって、怖いですし。春ちゃんが見えなくて、冷たい海しか視界になくて。だ、だから、わたしがしてあげます！」

男女の立場を交代して、ありすが俺を背後から抱きよせる。

ぎゅうっ、と優しく。

ありすは安心したように「ほっ」と吐息を漏《も》らし、俺の首筋に顔を寄せる。イチャイチャできて俺は嬉しいけど――背中に、もにゅんもにゅんと柔らかいものが当たってるよ⁉

その刺激的な感触に、俺が硬直して動けないでいると。

自分の肉体の凶暴さに無自覚なのか、ありすは子供みたいにはにかんで。

「……春ちゃんは、あったかいです」

掠れた声で。

「あんまり優しくされると、離れられなくなっちゃいます。いちど、ぜんぶ放り捨てようとしたのに。きみといると、それを忘れてしまいそう」

「忘れちまえよ、ずっと一緒にいようよ」

何かプロポーズみたいだなと思い、慌てて言い直す。

「いろんなこと、いっぱいしよう。『ブル・フル』の連中なんか追いだしちまうぐらいに、ありすのなかを幸せでいっぱいいっぱいにしよう。この船は、タイタニックなんかじゃないよ」

つぶやいてから、遠くに見える陸地を指さした。

「ほら、ありす！　天裏神宮が見えるぞ！」

ありすは顔をあげて、しばし感慨深そうに、己の生家を眺めると。

「あんなに、ちいさかったんですね――」

豆粒よりもちっぽけな、彼女のすべてだった天裏神宮。

ありすは、それを儚《はかな》げに見つめていた……。

4

その後も、俺たちはたっぷり楽しんだ。

ありすの体調を気遣って、あまり歩き回るようなことはできなかったけど――ありすはお姉ちゃんぶって俺を先導したがり、行きたい場所もたくさんあったようで俺を振りまわすようにあちこちつれだしてくれた。

バスなどを利用しつつ、なるべく身体に負担をかけないようにしながら。

俺たちは、花咲くように楽しい時間をすごしたのだ。

美凪は近所ではあるけど、こうしてしっかりと観光したことはなかったからなぁ。女の子とふたりきり、というのは男友達と遊ぶときとはちがった嬉しさがあったりした。

「春ちゃん、あそこに寄ってもいいですか？」

と、ありすが言いだすときはたいてい神社があり、ありすは見かけるたびに鳥居をくぐり、賽銭《さいせん》を捧げ、柏手《かしわで》を打っていた。敬虔《けいけん》に祈るその姿は、さすが本職らしく様になっていた。「俺は無宗教だから」とか興醒《きょうざ》めなことを言うつもりにならず、彼女の横でそっと祈願する。

神さま、もしもご慈悲があるのなら。

こんなに心のきれいな、でも寂しい人生を歩まなくちゃいけなかった女の子の命を、せめてむしりとるのは勘弁してあげてくれ。

おおきな神社でお守りを買い、犬の散歩をしている老婦人とのんきに立ち話をしたり——たっぷり満喫（？）すると、ありすは地図を取りだして。

「さぁ、次はこの神社に向かいましょう。この町の神社は、残り十八……！」

「コンプリートするつもりか⁉」

まぁ、付きあったけど。

神社って何でたいがい高い場所にあるんだ……。ありすが疲れてはいかんと思い、途中で彼女を背負って石段を登りおりすることがあり、俺は無意味に足を鍛えてしまった。

「ご、ごめんなさい、春ちゃん。神社を見ると興奮しちゃって――いい機会ですし、すべての神さまにご挨拶をと思いまして」

「いや。ありすが楽しかったなら、いいけど……」

公園で一休みをし（さすがにへバった）、あちこちに置いてある石像を指さし、それが何なのか言いあったり。

「きりんでしょう」

「いや、でかい手のひらじゃないか」

「でも角っぽいのがありますし、あそこを首だと仮定すればきりんです」

「きりんは首がみっつもないと思う。あれが首ならキングギドラだ」

「あれは春ちゃんに似てますね」

「『男』だという以外に共通点が見つからない」

「何でも春ちゃんに見えます、あれは春ちゃんです」

「俺は全裸で砲丸を投げるような猟奇的な趣味はない」

何で石像とかって全裸がおおいんだろ。

公園のなかにちいさな植物園があったので、入ってみたり。歩くのを補佐するための杖を借りて、ぽっくりぽっくり鳴らしながら。

助かったのは温室で、あったかくて——ありすは体調がよさそうだった。ただ、あったかいのはすべての動物にとって良い環境らしく、花を見ていたありすの鼻先に手のひらぐらいのサイズの蜘蛛《くも》が落ちてきて。

「ンぎゃあああ⁉」

「おわっ、動くなありす——こいつめ！」

「だ、だめです。殺してはいけません、すこし驚いただけです」

ありすが手を差しのべて、そっと顔面に貼りついた蜘蛛をはがすと、木の上に戻してあげていた。

俺は何だか、自分のことのように誇らしかった。冷たく見えるけど、やっぱり優しい女の子なのだ。

優しさだけじゃ、生きていけないのかもしれない。

実際、俺に同情したために、ありすは重い痛みと凍《こご》える苦しみを背負った。でも、そんな彼女だからこそ——支えたい、助けたかった。

あっという間に日が暮れる。

しめくくりに、この美凪の名物でもあるランドマークタワーに登った。なかに並んだ服飾店などをひやかしつつ、最上階へ。けっこう時間は遅いが、今日はゆっくりしていこうとあらかじめ妹には連絡してるし、ありすも同じ意向なのか——何も言わなかった。

今日のありすは、元気だったな。

よく笑って、歩いて、おおきな声もだしていた。

ふつうの女の子みたいに——。

でも、弱っていないわけがない。苦しくなかったわけがない、また我慢しているのだ。どうすればいい。白兎にもらった執行猶予のなか、こうしてただ楽しむだけでいいわけがない。いつかまた、破滅が訪れる。

また繰りかえしてしまったら、俺は、救いようのない馬鹿だ。

でも——いったい、どうすればいいのだろう。このまま幸せで優しい気分を維持して、漫然と春を待つだけでいいのだろうか？

谷底へ向かって落ちていくような一秒一秒を、俺は無力感とともに噛みしめる。

「はふう」

最上階、展望台。

その硝子《ガラス》張りの壁のそばに並んだ、ソファ。客はそこで飲み物などを注文し、リラックスして町の景色を見下ろせる。観葉植物などで隣席とは区切られていて、ふたりっきりになれる。

静かな音楽と、恋人たちの囁《ささや》き声のなか。

ありすは丁寧に紅茶を口に含んでから、こてん、と背もたれに体重を預けた。さすがに疲れたのだろう。眠そうで——うとうと、している。

「寝ちゃってもいいぞ、俺が家まで送ってやるから」

「いえ、……いえ」

ぱしりと頬《ほお》に手を当てて、ありすは背筋を正した。

「そんなの、もったいないです。せっかくの、春ちゃんとのでぇとなのに」

正面、硝子窓の外はネオンが煌《きら》めく高層ビル街だ。飲み物が置かれた低いテーブルには蝋燭《ろうそく》の炎が揺れ、どこか神々しい。

「な、何か、かっぷる的な雰囲気が強制的につくられてませんか」

「デートスポットだしな」

あれ俺らカップルじゃなかったんだ、もしかして『姉が弟と遊んであげてる』的な感覚だったのかありすは、と頭がぐるぐるするがまぁいい。

「お花見のときと同じだな、どうも最近はこういうのがおおくて困る」

「佐保姫さまの加護のおかげで、みんな浮かれてるんでしょう。なかなかきちんと春にならなくて、佐保姫さまも焦ってるのでしょうし」

ありすは、わたわたと手を動かし、それから意を決したように身体を傾けてきた。

こつん、と彼女のちいさな頭が、俺の肩に寄せられる。

ひんやりした、ドライアイスみたいな、痛いほどの冷気。でも、俺は怯《ひる》まない。そんな身体の奥に、あったかい心があると、もう知ってるから。

「お花見のときみたいな、えっちぃことはしませんから。安心してください。そういうことをしちゃったら、もう引きかえせなくなりますからね」

自分に言い聞かせるようにつぶやいて、ありすは俺の腕をそっと抱きよせた。

「でも、触れあうぐらいは、いいでしょう。きみの、そばにいたい。わずかにでも、ほんの一㎜でも。迷惑なら、言ってください。こんな、恋人きどりみたいなの……」

迷惑なわけがなかった。

俺にとっても、この一秒一秒が尊い、かけがえのない『大切な時間』だった。

だからこそ、失われてしまうのが恐ろしい。俺は呼吸すらできなくなるような不安に襲われて、そっとありすを抱きよせた。

お互いの鼓動がまじわる。

ありすは目を閉じる。

「今日は、ごめんなさい。わたしの趣味に付きあわせてしまって。ありえない――神社とか、植物園とか、若い男の子にはつまらなかったでしょう。おばあちゃんみたい……」

「そんなん、気にしてないって」

俺はすなおに言った。

「楽しかったよ。ありすと一緒なら、どこでも最高だ」

彼女といるだけで、退屈しない。

その些細な表情の変化、他愛ない会話が、どれだけ輝いていたか。

「むかし、初めて会ったころは――俺の趣味ばっかり押しつけたからな。だから今回は、ありすにあわせようと思ってたんだ。遠慮なんかすんなよ」

ちょっと偉《えら》そうだが、心配そうなありすを勇気づけるため、力強く。

「自分の知ってる範囲だけで行動しても、つまんないよ。お互いに新しいところにつれていって、『楽しい』や『面白い』を共有する。人付きあいってそういうもんだろ、たぶん」

ちょっと恥ずかしいことを言ってしまったと思い、「ほら」とありすを促して、正面を見させた。そこに広がる、無限大の輝き。ライトアップされていくネオン街は、陳腐な表現だけど宝石箱みたいだった。

ありすは呆然《ぼうぜん》と、それを眺めて。

おおきな両目に、輝きを反射させ――不意に、ぽろりと涙を零《こぼ》した。

「うおっ、どうした⁉」

焦っていると、ありすは首をふり、搾《しぼ》りだすような声で。

「ううん、何でもありません——ただ、幸せだなぁ……って」

感動する映画を観たみたいに、ぼうっとして、ひたすら涙を零しながら。

「し、幸せ、幸せだなぁああ……」

その瞬間、俺はこの時間が永遠につづけばいいと思った。摩訶不思議《まかふしぎ》な怪奇現象で、時間が停止して。でも、無慈悲にこの世界は季節が巡り、時間が廻る。

立ち止まってはいられない。

「ごめん、ありす」

俺は謝るしかなかった。

「無理におまえを引き留めて、我《わ》が侭《まま》に振りまわして、でも俺はまだおまえを助ける方法を——」

懺悔しかけた俺の口元に、ありすが指を添えた。

つづけて、顔を寄せてきて。

互いの、くちびるが触れる。

誤魔化された。その感覚があった。俺の謝罪が、その情けない気持ちが、赦《ゆる》されてしまった。でも、有耶無耶にしていい問題じゃない。ありすが消えてしまいそうで、怖くて、遠くて、俺は抱きしめる。腕のなかで、ありすはまだ生きているのに。

油断すれば、手のひらから水が零れるように、彼女は消えてしまう。

この瞬間にでも。

「言葉を遮って、ごめんなさい。きみの気持ちは伝わってますよ――でも、言わないで」

くちびるを離して、ありすが囁いた。

「ありがとう、春ちゃん」

身体を重ねたまま、俺たちは夜景を見つめる。

あんまり綺麗すぎて、かんたんに壊れてしまいそうな、幸せそのものの風景を。

「子供のころからずっと――こういうの、夢でした。お花見にくる、幸せそうな参拝客たち、繋《つな》がった手のひら、くちびる……。でも、自分には関係ないって諦めてたのに。きみは、それ以上のものをいっぱいくれましたね」

泣きじゃくっているみたいな、掠れた声で。

「ありがとう、わたしを見つけてくれて――きみに出会えて、よかったです。春ちゃん、きみのこと、好き。とてもとても、大好き」

瞬間だった。

俺の視界がぐにゃりと歪む。

飲み物に何か混ぜたのか、あるいは超常的なちからを用いたのか――。

「生まれて初めてひとを愛した。それが、きみでよかったです」

彼女の声がこだまして、俺の心に深く反響し――。

「ありがとう、春ちゃん」

すべてが、途絶えた。

5

本格的に春めいてきた。

長い長い、冬を経て。

しばらく不可思議な冷えこみがつづき、春爛漫《らんまん》――とはいかなかったうちの町も、ようやく穏やかな気候になってきた。

植物が芽吹き、誰もが笑顔を浮かべ、日差しもどこか和《なご》やかだ。

さすがにもう桜は咲いていない、並木道。

いつものように登校している。

すでに夏服になっている気の早い連中もいて、雰囲気が華やいでいる。幸せいっぱいの光景――。

「春彦？」

となりで、いっしょに登校している桃子と妹が、こちらを見てくる。

いつもどおりの風景、見ているだけで心が落ちつく。平凡な、俺の日常そのもののような。でも、なぜだろう——何かが足りない。

大事なものを、忘れている。

「どうかしたの？　ぼうっとしちゃって」

桃子が俺の目の前で「ぱたぱた」と手をふって。

どこか不満そうに。

「そういえばさ、思わせぶりに『いつか紹介するよ』とか言ってたあのひとどうしたのよ——最近見ないけど、……もしかして何かあった？」

俺には、よくわからないことを言った。

「あれから、春彦ちょっと元気なくない——心配よ、あたしゃ。春彦のことだから、年上の女のひとに騙《だま》されて捨てられて落ちこんでんでしょ。やっぱり、あんたにゃ年上とかじゃなくてさぁ……」

「おまえ、何の話をしてるんだ？」

俺は本気で意味がわからなくて、でも何だか胸がざわついていて、やや強い口調で問いかけた。

桃子は「きょとん」とする。

「あんた、それマジで言ってんの？」

どこか軽蔑するように。

「こぉんな不思議な髪型したさ——すっごい美人さんと、さいきん仲良かったじゃない。あたしに紹介してくれるって、大事なひとだからって……あんたほんとに覚えてないの？」

「桃ちゃん」

となりで成りゆきを見守っていた妹が、怯《おび》えるように。

「それって、こないだウチにきた——あの……ひいっ⁉　ごめんなさいごめんなさい！」

何かのトラウマを掘り当てたのか、ガタガタブルブルしている。

「おまえまで、何言ってんだよ」

ふたりして俺を誑《たぶら》かそうとしているのかと思って、俺は苦笑いした。でも、桃子も咲耶も真剣だ。それこそ長い付きあいだ、そのへんはわかる。

咲耶が、珍しく心配そうに俺を見あげてくる。

「ハル、久しぶりにすごく楽しそうだったよ。いつも本気じゃない感じで——他人にあわせてばっかのハルが。うまく言えないけど……すごく、一生懸命だったじゃん」

俺が？

おまえら、いったい何のことを言ってるんだ？

「あぁ——」

桃子が、どこか寂しそうに。

通学路の神社のなか、ひときわ巨大な――枯れ木にしか見えない大樹を眺めていた。

「佐保姫さまも、すっかり散っちゃった。春も、もう終わりね」

俺は、その巨木の前で、立ちすくむ。

頭が、ひどく痛む。覚えている、桜並木。ここからすべてが始まったんだ。

桜が何かを訴えるように、ひらりと、最後に残った花びらを落とす。

それは、俺の手のひらのなかに落ちた。

桜ではありえない、真っ白な花びら。

わずかに、青のような紫のような、淡い色に染まりかけている。

その色に見覚えがあった。

これは彼女の――。

「春彦？」

「ハル、どうしたの？」

左右から幼なじみと妹が呼びかけてくるなか、いつだって鈍感な俺は――ようやく、何が足りないのかわかった。

どうして忘れていたんだろう、あんなに大切だったのに。

凍りついていた思い出が溶けだして、脳裏に溢《あふ》れる。

殴りつけられたように、俺はよろめいた。

その女の子との出会いは、けしてロマンチックなものじゃなかった。箒《ほうき》を振りまわして追いかけてくる、巫女装束のちいさな少女。面白くて、幼なじみや妹とする女の子の遊びに飽き飽きしていた俺は、好奇心から毎日のように彼女のもとを訪れた。

落とし穴に嵌《は》められたり。

泣きべそかきながら、取っ組みあいしたり。

ふたりで、大の字になって眠ったり……。

痛みをともなう別れを経て——再び、俺は彼女とまた巡りあえた。

彼女は、無表情で、口が悪くて、面倒くさくて——でも、優しかった。抱きしめてくれるような、お姉ちゃんみたいな、あったかいひとだった。

——おおきくなりましたね、春ちゃん。

——お姉ちゃんが、良い子良い子してあげます。

——にゅ。にゅ。にゅう～♪

——何でも春ちゃんに見えます、あれは春ちゃんです。

——きみに会えて、よかった。

『冬のような女』じゃない。

『出会わなければよかった』、わけがない。

不器用で、照れ屋で、いつも痛みを我慢してしまう。

あのひとのことが——俺は、好きだったんだ。

「春彦、だいじょうぶ？」

桃子が顔を覗きこんできて、強く肩を叩いてくれる。俺は過去に呑《の》まれそうになっていた自意識を取り戻して、頭をふった。ぼうっとしてる場合じゃないよな。

春になって、もう——佐保姫さまの加護はないのかもしれない。

それでも、心のなかに熱いものがこみあげてくる。

これが、佐保姫さまの愛した人間のあったかさ。燃えあがるような熱い気持ち。もしも俺が、佐保姫さまに選ばれるような、強くて前向きな心の持ち主なら——。

今、それを燃やさないでどうするんだ。

もう遅いかもしれないけど。

思いだしてしまった。

「はは、忘れられるわけないよな」

何だか無性におかしくて、声をあげて笑った。

「記憶を消すとか——本物の霊能力者みたいなこと、あのプロフェッショナル（笑）のあいつにできるわけないよな」

記憶は止め処《ど》なく溢れてくる。雪解け水みたいに。

同時に、俺は活力を得た。それは怒りだ、燃えたぎるような——。

「今度こそ、置き去りにされたってわけだ」

じゃあ、怒る筋合いはないのかもしれないけど。

たぶん、彼女は——あの自己犠牲的で、腹の立つ、真智《まち》ありすは。倒れて入院したときから、すでに覚悟を決めていたのだろう。

速《すみ》やかに俺のもとから立ち去り、あの冷たい異界で命を終える。

自分の体内にいる『ブル・フル』の住民が、身体から飛びだしても——そこは元いた異界だ、周りに迷惑はかからない。

ひっそりと、消えられる。

花が散るみたいに。

ふざけんな。

『不思議の国のアリス』じゃないんだ。ぜんぶ夢だったみたいに、ふざけた結末だけ用意して、俺を置き去りにして異界へ行っちまって——そんなの、納得できるか！

「ばかやろう！」

かつても叫んだ言葉を口にして、己の顔面を、あのときみたいに殴った。それで、すべての記憶が嵌まる。俺は再起動する。

俺は、たしかに何もできなかった。

見限られても当たり前だ。

ありすに無理をさせて、白兎に時間稼ぎをしてもらって――結局、何もできなかった。自分が考えついた、たった、ひ、と、つ、の解決策を見いだせなかった。だから、ありすは行ってしまった。たったひとつの冴えたやりかたを実行したのだ。

それは、あまりにも優しい結末だ。記憶を消された俺は、彼女のことを忘れ――春になった世界で、平和な日常でのほほんと暮らす。

彼女らしい、俺のことしか考えてないハッピーエンドだ。

ふざけんなよ。

「そんなの、ぜんぜん――納得できねぇぞ！」

俺は走りだした。後ろで桃子と妹が慌てた声をだしたが、今は無視する。俺は全力で駆けると、目の前にある佐保姫さまの巨大な幹に、頭突きするようにして縋りついた。

「おい、てめぇ！」

相手は神さまだそうだが知るか、さんざんこっちの人生弄《もてあそ》んでおいて――悪気がなかったとはいえ、たしょうの無礼は勘弁してもらおう。むしろ、余計に願いを叶えてくれるぐらいのサービスはあってもいいんじゃないのか。

「神さまなんだろ！　これまであいつの――天裏の巫女とかいう連中に代々、無理させて守ってもらって信仰されてきたんだろ⁉　ちょっとは、それに報いてもいいんじゃないのか！　いいや、ちがう。そうじゃない――」

佐保姫さまに当たっても、お門違いだ。俺に必要なのは、自分を傷つけるような——いつも守られていた俺が、生まれて初めて晒す抜き身の心だった。

誠意であり、覚悟であった。

「あいつは——ありすは、俺を助けようとしてくれただけだ！　そのために死ぬっておかしいだろ！　あいつが願ったことを覚えてるか、俺は思いだしたぞ！」

あの日、この神社でお参りして——ありすが、こっそり書いていた絵馬。

可愛らしい、彼女らしいささやかな文字で。

——春彦と幸せになれますように。

「あいつの願い——叶えてくれよ、神さまなんだろ！　春なんだ、みんな幸せになっていい季節なんだ！　そのぐらいの奇跡があったっていいだろ！」

無茶なことを怒鳴った、瞬間だった。

俺の身体のなかに、流れこんでくるものがあった。

それは、途方もないあったかさだ。

『ブル・フル』の住民に歪められた、こちらを痛めつけるほどの熱量ではない。種類のちがう、まるで赤ん坊のころ抱かれた母親の体温——それこそ、春の日差しのような。

そして同時に、俺はひとつの奇跡を目撃する。

登校中だった生徒たちが、桃子や咲耶も、驚きの声をあげる。

遅れて、俺が顔をあげると。

佐保姫さまが——巨大な桜が、満開の花を咲かせていた。

散り果てていた佐保姫さまの枝に、無数のつぼみが膨らみ——それらが、一斉に開花したのだ。俺の気持ちに応えるみたいに。

美しい春そのものの、大盤振る舞いだった。

しかも、色が——奇妙である。

先ほどの、染まりかけの花びらと同じ、紫色をしている。否、これはありすの髪の色だ——桜ではありえない。むしろあの冷たい異界に咲いていたアマリリスのような、哀しくも麗《うるわ》しい、冬の色だ。

寒色なのに、でも、不思議とあったかい。

さらに、桜並木も次々と開花し始める。

ちょっと佐保姫さま、気前よすぎるだろ——奇跡の大量放出、乱れ咲きだ。花びらが舞い踊り、やわらかな日差しのなか、みんなが笑顔になっていく。

「な、何かよくわかんないけど。浮き浮きしてきちゃった♪」

「春だもん、桃ちゃん！」

桃子と咲耶が嬉しそうに互いに手をとって、この光景を見ている。

いまだ流れこむ膨大な春のあったかさを感じながら——俺は、妹と幼なじみに告げる。

「ちょっと、忘れものしてきた」

大真面目に。

「間抜けな自分に腹が立つから、気合をいれるためにブン殴ってくれ」

その言葉に、ふたりは「きょとん」としてから――なぜか嬉しそうに、頷いた。

「うんっ、春彦！　何だかとっても、あんたらしいわよ！」

「よくわからんけど、死ね！　ぎゃはははは☆」

桃子に背中を勢いよく押され、ついでに妹に足蹴《あしげ》にされて、俺は走りだす（妹はあとで殴る）。向かう先は――当然、あいつのいるところだ。

異常な桜吹雪に戸惑う生徒たちの間を駆け抜けて、ひとり――誰も顧《かえり》みない、寂しいところへ。草木の間をぬけ、獣道のような小径《こみち》を走り、やがて辿りつく。

天裏神宮。

そのいちばん奥に隠された、冷たい異界へ。

6

桃子。咲耶。佐保姫さま。色んなものに背中を押されて、軽やかに足が前へでた。瞬時に世界が切り替わる。春を知らない、冬の世界――『ブル・フル』だ。

激しい雪のせいで、視界が悪い。

どこだ、どこにいる——周囲を見回す俺の背中を、誰かが叩いた。

「よう、遅かったな」

振り向くと、そこに白兎が立っている。

「でも、ぎりぎり間にあったぞ——まだ、姉ちゃんは生きてる。どこにいるかは、おまえならわかるだろ。まったく……冷や冷やさせやがって」

「すまん」

言葉すくなに、俺は駆けだす。

悪いけど、今は白兎とお喋《しゃべ》りしている余裕もない。待たせてしまった、こんな冷たいところで。寂しがり屋の彼女を、独りぼっちにしてしまった。

白兎は俺の入ってきた異界への入口を、素早く修復したみたいだ。そのまま『ブル・フル』のものたちがあちらへ行けないように、門番をしてくれるようだった。

吹雪が彼のそばにくるたびに、それを手をふって追い散らしている。

いつも、いちばん大変なことを率先してやっている。

「頼むぞ、親友」

白兎はその場を動けないのだろう、そう俺に声をかけて見送ってくれた。俺はぐっと指を立ててそれに応えると、純白の世界を駆け抜ける。

やがて、見覚えのある小屋が視界に飛びこんでくる。

末期の場所にするには、あまりにも簡素で侘《わ》びしい。俺は、こんなところに彼女を置き去りにしてしまった。子供のころから、ずっとずっと。

ようやく迎えにきた。

今度こそ、逃げない。

扉を開いた。

「ありす」

ちいさな室内。頼りなく揺れる炉端の火。巫女装束のありすは、指先まで真っ白になって——俺を、信じられない、という表情で見てくる。

「何で……覚えてない、はずなのに」

「愛のちからでぜんぶ思いだしたんだよ」

茶化すように言ってみたが、ありすは笑みを浮かべもしない。

「きみは、自分が何をしてるかわかってるんですか。また繰りかえすんですか、徒労を？　人生の、貴重な時間を無駄にして？　これですべて巧くいくんです、他に方法がないんです。どうして、それが理解できないんですか？」

彼女の身体にいまも巣くっている『ブル・フル』の住民が、後ろ向きな感情を誘発させるのか、いつになく哀しみに満ちた声だった。

「これで、ぜんぶ解決なんです！　めでたしめでたしなのに！」

俺も、そんなあいつらの誘導のせいで、いちど失敗した。そして彼女に『ブル・フル』の住民を肩代わりさせ、苦しめてしまった。

今度こそ、あんな連中に負けない。

ひとの気持ちを踏みにじりやがって。

何が異界の住民だ、『神さまのようなもの』だ。ただの、こっちの身体と心を蝕《むしば》む寄生虫じゃないか。そんな連中のために、何でありすが死ななくちゃならないんだ。

「ふざけんなよ」

俺は身体に満ちた怒りを、言葉にして解き放つ。

「ぜんぶ解決ってのは――めでたしめでたしってのは、こういうのをいうんだよ！」

何か確信があって、そう叫んだわけじゃなかった。

でも、心のなかに――あったかいものがあって、それはきっと俺たちの味方だった。おおいなる、すべての冷気を消し飛ばすような、あったかさが、世界に満ちる。

変化は劇的だった。

俺の言葉に、魔法のような威力がこめられていたみたいに。

俺の身体をとおして、おそらく――佐保姫さまのちからが、冷たい異界『ブル・フル』に流れこんだ。

濁流《だくりゅう》のように。あるいは、瀑布《ばくふ》のように。

もう、俺は『何もできない』なんて悲観したりしない。

——幸せ、幸せだなぁああ……。

——生まれて初めて、ひとを愛した。

ありすに、愛された。

白兎に、親友と呼ばれた。

幼なじみと妹にも、気合をいれてもらった。

今の俺は、世界だって塗り替えてみせる。

神さまだって、ぶん殴って言うこと聞かせてやる。

ありすに手を伸ばした。

彼女の、冷たい指先を握りしめ、その身体を胸元に導く。抱きしめた——華奢な、壊れてしまいそうな、硝子細工みたいな彼女を。今度こそ、もう離さない。

「ありすは、俺と一緒にずっと生きていく」

『ブル・フル』——冷たい異界に、宣言する。

「おまえらなんかに、ありすは渡さない！」

その言葉に誘発されるように、小屋がおおきく軋《きし》みをあげる。『ブル・フル』の住民が不愉快な人間に怒ってるのかと思ったが——ちがった。ぼろっちい壁の隙間から、大量の水が流れこんでくる。

呆気《あっけ》なく水圧で粉砕され、壁材が砕け、屋根が崩壊する。

「きゃっ――」

身を竦《すく》ませるありすを、何が起きてるか理解した俺は、落ちつかせるためにさらに強く抱きしめる。そして、急いで扉を開いて外に飛びだした。

世界は、一変していた。

先ほど俺の身体から溢れだした佐保姫さまのちから――春のちからが、『ブル・フル』を染めあげていた。それはある意味、蹂躙《じゅうりん》している、とすら表現できる圧倒的な改変だった。

先ほどの鉄砲水は、溶けた雪だ。吹雪はすっかり収まり、無限に広い地平線の向こうまで冬の名残《なごり》はない。あったかい日差しが注ぎ、地面から急速に植物が芽吹いていく。

春に、染まっていく――。

それは、おおいなる優しさだった。あったかさを求めつづけた『ブル・フル』の住民たち――彼らのすべてを満足させて、なお余りある。まさに、奇跡のような春の到来だ。雪解け水が陽光を反射し、世界は他に表現しようがないぐらい――春爛漫《らんまん》に輝いている。

「そんな……」

ありすは、俺の腕のなかで呆然《ぼうぜん》としている。

「『ブル・フル』が、永遠の冬が――冷たい異界が、春に……？　お、お母さまたちが、天裏の巫女たちが守りつづけていた伝統が……。こんな、こんなこと――？」

しばし、狼狽《うろた》えていたけれど。

やがて――何だか疲れたように、俺に体重を預けて脱力した。

「春ちゃんは、すごいです」

その身体のなかから、春を求めて『ブル・フル』の住民たちが飛びだしたのだろう。ありすが急速に体温を取り戻していくのが、密着している俺にはわかった。

頬に赤みがさし、微笑も浮かんで、ありすはまさに花が咲くようだった。

「考えもしなかったです――こんなのって……。わ、わたしは独りで蹲《うずくま》って、さみしく死んでいくだけだと思ってたのに。でも、春ちゃん……」

きゅ、と彼女からもこちらを抱き、震える声で。

「いやでした、独りで死ぬのはいやでしたよ――怖かったです、春ちゃん……」

「そうだろうと思って、迎えにきた」

俺も、笑った。

春の陽気のせいだけじゃない、生まれて初めて、誰かを助けられたのだ。

「もう、離さない――ずっと、ありすと一緒にいる」

ようやく告げる。

彼女との日々のなかで、心に芽生えていた気持ちを。

「ありすが、好きだから」

「春ちゃん」

ありすがくしゃくしゃくしゃの顔をあげて、いつもの無表情はどうしたのか――両目に、涙をいっぱい浮かべる。

「わたしで、いいんですか？　わたし、面倒くさいですよ――また、同じような騒ぎを起こすかもしれません。ずっと秘密にしてましたが、わたし、わたしね……」

意を決して、何を言うかと思ったら。

「ぷ、プロフェッショナルじゃないんです！」

ずっこけそうになった。

本気でおまえは俺がそれを信じてると思ってたのか……。でもまぁ、涙をぽろぽろ流して恥ずかしそうにしてるお姉ちゃんが可愛かったので、まぁ何も言わずにおく。

「知ってるよ。ありすは未熟で、不器用で、照れ屋で――寂しがり屋で、甘えんぼで、面倒くさい。……でも、そんなありすが好きなんだ」

ひときわ強く、彼女を抱きしめた、

口笛が聞こえる。

そちらを見ると、白兎が物珍しそうに周囲を見回している。

「よう、おふたりさん——幸せそうで何よりだな。ただ、のんびりしてる場合じゃないぞ」

真摯《しんし》な表情で。

「この状態は長くはつづかない、『ブル・フル』はやっぱり冬の世界だから。佐保姫さまの影響も、やがて消える。その前に、おまえらはおまえらの日常に帰れ」

その言いかたが、すこし引っかかった。

俺は、白兎を見据《す》える。

「おまえ、何するつもりだ？」

「べつに、危ない真似はしねぇって。でもま、ずいぶんと姉ちゃんにはお世話になったし、春彦と友達やってんのも楽しかったしな。ちょっとした、恩返しをしてやるよ」

何でもないことのように。

「こっちの世界とおまえらの世界を切り離す、二度と交わることがないように。入口を塞ぎ、俺がそこを守る。また今回みたいなことが起きないように。まぁ、この様子だとあと何十年か、何百年かはこのあったかさだけで俺たちゃ満足できそうだけどさ」

白兎の軽薄な口調ほど、簡単なことじゃないだろう。

俺は『やめろ』と言いたかった。白兎と馬鹿やってる日常が好きだった、ありすも同じだろう。彼女は独りぼっちじゃなかった。ずっと、白兎が支えていた。弟として、そばにいたじゃないか。

「なぁに、死ぬわけじゃない。もともと、そっちの世界にいたのが間違いだったんだし。俺が姉ちゃんから奪った肉を返せば、姉ちゃんはたぶん……」

意味ありげに謎めかしたことを言ってから、白兎は手をふる。

「幸せにな、ふたりとも」

白兎が最後に見せたのは、冷たい異界『ブル・フル』の住民とはとても思えない、あったかい笑顔だった。

「——悪夢の時間は、お終いだよ」

目眩《めまい》がして、俺とありすは抱きあったまま、『ブル・フル』が遠ざかっていくのを感じた。周囲がぼやけて、すべてが夢だったみたいに、なじみ深い俺たちの日常が近づいてくる。騒いでいる、桃子と咲耶が見える。満開の桜——佐保姫さまも。

さぁ、帰ろう。

そして、前を見て歩いていこう。

ありすが、願ったとおりに——。

幸せになろう。

エピローグ

「それでっ？　それからどうなったのっ？」

すべてが解決してから、五年の月日が流れた。

今年も多くの観光客を呼び寄せている桜並木と天裏神宮《あまりじんぐう》の境内は花見客でいっぱいで、雰囲気までが酔っぱらってるみたいだ。世はこともなく太平楽で、それは、高校生だったころの俺たちが何よりも欲しかった安らかな日常だった。

俺とありすが『ブル・フル』の脅威から脱けだし、ともに生きていくことを誓ったあの日から毎年のように咲くようになった、不思議な色の桜——佐保姫《さほひめ》さまのすぐそばで。

茣蓙《ござ》を敷き、成長したありすが、愛くるしい女の子を膝にのせて何やら語っている。

「ええ、そこからが一大スペクタクル——空を埋め尽くす大量の空飛ぶ円盤！　内憂外《ないゆうがい》患《かん》の政府は転覆し、疫病がはびこり……町は焼き尽くされていく！　けれど逃げ惑《まど》う人々のなか、ついに春彦《はるひこ》に秘められた真のちからが覚醒《かくせい》したのです！」

「すご～い☆」

「そこで春彦はスーパーサイヤ何とかみたいに全身から神々《こうごう》しい輝きを放ちつつ、わたしを優しく抱きよせて囁《ささや》いてくれたんです。『ありす！　結婚してくれ！』と——それが、わたしと春彦の馴れ初《なそ》めでしたね」

「きゃ〜、町が焼かれてる最中なのにプロポーズしてるお父さんマジ空気読めない〜☆」

放っておくと俺が得体の知れない何者かにされそうだったので、あの当時の出来事をめちゃくちゃ脚色して語っているありすに、俺は屋台で買ってきたお花見用の食べ物なんかを並べながら突っこんだ。

「おい、兎月《うづき》にろくでもない嘘を教えるな」

ありすは無視して、しっかり抱っこしてる女の子——兎月と、馬鹿話をしている。

「そして最終決戦で命懸けの必殺技を放った春彦は哀れ、この地球のために壮絶に戦いぬき、この世から去ってしまったのです」

「きゃはは、死んだ死んだ！　お父さん死んだ〜☆」

「殺すな」

「……幽霊」「幽霊だ〜☆」

仲良く俺を指さして爆笑している親子に、俺は何だか逆に喜びを感じる。

ありす、明るくなったな——。

あれから、五年。

冷たい異界『ブル・フル』と佐保姫さまにまつわる奇妙な騒動に決着がつき、すべての障害を乗りこえた俺たちは急速に仲を進展させた。ありすも俺も自分の気持ちに嘘《うそ》をつかなくなり——積極的になって、ありとあらゆる方向で、夢中になって愛を育んだ。

俺たちは完全にバカップルと化し、甘ったるくてラブラブな時間をすごしたのである。

結果として、ありすには子供ができてしまった。

正直、途方に暮れそうになった。

空を埋め尽くす空飛ぶ円盤も世界の危機もなかったけど、それはきわめて小規模な、けれど無視できない出来事だった。

俺たちの体調は元通りになっており、生活をするぶんには問題がなかったが——まだ十代の身の上で親になるには、周囲の支えが不可欠だった。

いろんなひとに迷惑をかけながら、頭をさげ、駆けずりまわりながらの五年間だった。

俺は高校に通いながら仕事を探し、ありすは残りわずかだった学校生活を教師やクラスメイトの協力もあって卒業。いまは正式に天裏神宮の巫女《みこ》になり、でも無理はせずに、子育てに従事している。

桃子《ももこ》も協力してくれて。

「まったく、ほ乳瓶の扱いとかこんなに巧くなっちゃったわよ。ほんとに『お母さん』みたいじゃないの。あぁもう、ありすさん！　子供をほったらかしにしないの！」

「しゅうとめ……」

と、ありすとも何だかんだで仲良く（？）していた。

産まれた子供は、ふたりで考えて『兎月』と名づけた。

ほんとは『月兎』で『げっと』と読む珍ネームになりかけたのだが、女の子だし可愛い感じに落ちついたのだった。名前の由来はもちろん、俺たちの最大の恩人である。

「ついでにざっと見回ってきたけど、今年もどこにも異常はないみたい。佐保姫さまも咲いてるけど、余計な加護が周りに作用してる様子もないし」

「もともと、佐保姫さまの加護はおまじない程度――あそこまで大規模な異変になったのは、『ブル・フル』の住民の干渉があったからですし」

その名前をだすとき、ありすはとても寂しそうになる。

仮初《かりそ》めの姉弟だったけれど、絆はほんとうだった。

白兎《はくと》はすべてを引き受けて冷たい異界へと消え、帰ってこなかったけど――きっと生きてる。生きてるなら、また会える。俺たちはそう信じて、あいつにまた心配をさせないように、幸せに暮らしている。

「しかし、うーちゃん……兎月は年々――白兎に似ていきますね。まぁ、もともと白兎はわたしの肉を元にして、つまり擬似的に出産されたわけですし。兄妹みたいなものですから、当たり前なのかもしれませんけど」

「俺はもう、兎月を白兎の生まれ変わりだと思ってるよ」

「あはは、生まれ変わりとかそんな馬鹿な」

兎月が、どこか見覚えのある、享楽的《きょうらくてき》な笑顔を一瞬だけ浮かべて。

その瞳が、深紅に染まる。

「しかしまぁ、『ブル・フル』の住民の俺に姉ができたときも驚いたけど。今度は妹かよ。ほんと、おまえらは目を離してると何しでかしてるかわかんなくて、おもしろ……あぁいや、心配だよまったく」

口調まで、あいつそっくりに。

「まぁ、新婚夫婦の邪魔するのもあれだと思ってしばらく見てるだけだったけど——この身体は予想以上に居心地がいい。この子の体調を崩さない程度に、たまにお邪魔してアニメとか観にくるかも。まぁ、よろしくな♪」

「え……？」

「白兎？」

慌てて俺とありすが視線を向けたときにはもう、兎月は元通りの無邪気な表情で、何だか疲れたように眠そうに目元を擦《こす》ったりしていた。

「？　なぁに——お父さん、お母さん？」

「いや……」

もしかしたら、白兎とは思ったよりも早く再会できるのかもしれない。

「さぁ、変な顔してないで春彦も座りなさい。せっかくの、お花見日和ですよ」

「そうだな」

ありすの横に腰かける。兎月が眠たそうにしながらも、ぎゅっと俺の服の袖を掴む。何だか嬉しくて、愛しい我が娘を抱きよせた。

ありすも、一緒に。

「あ……もうっ、春ちゃん。子供の前ですよ」

この世には、不思議なことがいっぱいある。

これから先、また俺たちは困難に直面し、超常現象に翻弄《ほんろう》されるのかもしれない。だけど、もう二度と逃げない。失わないために、傷つけないために、生きていくために――手をとりあって、支えあって乗りこえていこう。

「ありす」

凍りついた地面から、新芽が顔をだすみたいに。

「幸せだな」

ちいさな希望を抱えて、手を取りあって、彼女とともに。

「うん、春ちゃん」

自然と顔を寄せて、くちびるを重ねる。眠ったふりをした兎月が興味津々に見あげてきゃあきゃあ言っている。風にのって、桜の花びらが舞った。

凍りつきそうな冬が終わって。
また今年も、春がやってきた。

END

あとがき

こんにちは。日日日《あきら》です。

伝説の桜が演出するシェアワールド・ラブストーリー「さくらコンタクト」日日日担当ルート、通称「お姉ちゃんルート」こと「ｒｏｕｔｅ　Ｂ　真智《まち》ありす」をお届けいたします。

この「さくらコンタクト」はひとつの世界観を、複数の作家がそれぞれの持ち味を生かして作劇する、いわゆるシェアワールドです。クトゥルー神話みたいなものです。佐保姫《さほひめ》さまクトゥルー説。というか、いわゆるノベルゲーム（とくに「ギャルゲー」と呼称されるもの）の文法に基づいて製作されております。

本来、ライトノベルで描かれる物語は一本道が前提で、ノベルゲームの文化であるマルチエンディング形式（主人公の選択によって、物語が枝分かれする）とは不調和です。けれど「一冊ごとに、異なる作家が、異なるエンディングを」描いていく、というかたちでこれを再現してみようという試みなのでした。だと思います。七月《ななつき》さんがそんなようなことを言っていた。

魅力的な文化を醸造しているノベルゲーム業界の手法、文化を、ライトノベルに採りいれる。「ギャルゲーのノベライズ」ではなく、異なる業界のエッセンスを用いて、ライトノベルとして表現する。それはかつて映画的な手法を漫画に採りいれて花開かせた、漫画の神さまの偉業にも比する表現手法の革命ではないでしょうか。

みたいなことを七月さんが言っていました。日日日はいつもどおりです。むずかしいことは七月さんに聞いてください！（「さくらコンタクト」製作中にたぶん100回ぐらいこの言い回しを用いました）

以下、謝辞です。

シェアワールドというややこしい代物の編集を精力的にこなしてくれた担当のUさん、および企画の開始当時に「さくらコンタクト」の方向性を定めてくれたもうひとりの担当、Tさんに感謝を。

そしてこの企画の立案者であり、「ｒｏｕｔｅ　Ａ」を自ら担当し「さくらコンタクト」のかもしだす幸せな雰囲気をつくりあげた七月隆文《たかふみ》さんに、尊敬とともに祝福を。何とか無事に本が完成しました……。ごめんなさい事あるごとに「もうやだ！」「逃げたい！」と駄々をこねて……。冬のような作家である日日日に、七月さんが春を届けてくれました（無理やり内容と関連づけようとしてみた）。

もちろん「ｒｏｕｔｅ　Ａ」に引きつづき、「さくらコンタクト」の世界観を華やかに愛らしく描きだしてくれた三嶋《みしま》くろねさんにも、ありがとうございました。冷たく乾いた文字だけの存在だったありすが、幸せそうな笑みを浮かべているのが嬉しい。イラストのちからです、いいえ奇跡でした。

最後に、いくつかの桜の奇跡を目撃してくれた読者さまにも、御礼を。いろんな可能性のつぼみを秘めたシェアワールドです。当面、予定されているのはこの日日日担当ルートまでですが、もっともっと色んなルートを見てみたいですので、興味がある作家さんとかは「俺にも書かせろ」とこのラノ文庫編集部に電話だ。妹ちゃんルートとか、名前だけでてるけど何者なのかわからぬ委員長ちゃん（つぐみ）ルートとか、企画当初は佐保姫さまルートとかまであったんですよ。樹木だ……。夢がふくらみます、そのつぼみが満開に咲き誇ることを祈りつつ。

記録的な豪雪を乗り越えて、また今年も春がやってきました。　　日日日

あとがき
Arisu End.
デレモードな
ありすさんギャップ可愛い。
素敵な企画にお誘い頂き
ありがとうございました！
2014.4.

七月隆文 × 日日日

Nanatsuki Takafumi　　Akira

イラスト：三嶋くろね

シェアワールド・ラブコメ企画「さくらコンタクト」

あらすじ

高校生・桜木春彦は今日も幼なじみの桃子に起こされる。
「お前カーチャンみたいだな」「誰がカーチャンよ!?」
新学期——春彦は、桃子とひきこもり妹咲耶との登校途中、
花時町《はなまき》に伝わる《桜の伝説》を成就させ、
その御利益でモテモテのフラグ体質になってしまう!

route A 小河桃子

直後、桃子が《未来予知》という中二能力に覚醒し、春彦のギャルゲ物語をジャンルごと終了させてしまう!『庶民サンプル』七月隆文が贈るフラグ乱立ラブコメ!衝撃の展開《ヤマ》と結末《オチ》に刮目せよ!

route B 真智ありす

そして今……授業中に乱入した少女に問答無用で連行されていた。「大丈夫です春彦……何も怖いことなんかありませんハァハァ」彼女の名は真智ありす。天裏神社の巫女にして、かつて一緒に遊んだ「お姉ちゃん」であった。人気作家・日日日が贈る“姉萌え”伝奇ストーリー!

このラノ文庫公式サイト特設ページにて、七月隆文×日日日スペシャル対談公開中!

商品情報

さくらコンタクト
route A 小河桃子
定価648円+税
ISBN:978-4-8002-2322-7

さくらコンタクト
route B 真智ありす
定価650円+税
ISBN:978-4-8002-2474-3

本書に対するご意見、
ご感想をお待ちしております。

| あて先 |

〒102-8388　東京都千代田区一番町25番地
株式会社 宝島社　編集局 第８編集部
このライトノベルがすごい！ 文庫 編集部
「日日日先生」係
「三嶋くろね先生」係

このライトノベルがすごい！文庫 Website
［PC］http://konorano.jp/bunko/
編集部ブログ
［PC&携帯］ http://blog.konorano.jp/

この物語はフィクションです。実在する人物、団体等とは一切関係ありません。

このライトノベルがすごい!文庫

さくらコンタクト
route B 真智ありす
(さくらこんたくと　るーと びー まちありす)

2014年4月24日　第1刷発行

著者　日日日《あきら》

発行人　蓮見清一
発行所　株式会社 宝島社
〒102-8388　東京都千代田区一番町25番地
電話:営業 03(3234)4621 / 編集 03(3239)0599
http://tkj.jp
振替:00170-1-170829 (株)宝島社

印刷・製本　株式会社廣済堂

乱丁・落丁本はお取り替えいたします。
本書から無断転載・複製・放送することを禁じます。

©Akira 2014　Printed in Japan
ISBN978-4-8002-2474-3

受賞4作品が同時刊行!!!

このラノ文庫

第4回『このライトノベルがすごい!』大賞
金賞&栗山千明賞

このラノ文庫

魔法学園《マギスシューレ》の天匙《てんさじ》使い

定価:本体562円+税

小泊《こどまり》フユキ　イラスト／如月《きさらぎ》 瑞《みず》

「精一杯頑張る主人公に共感。誰かを守るための戦いがかっこいい!」――栗山千明

スプーンを使った魔法「スプーン天匙」の伝達者ブルンが、『闘宴会』で勝ち進むために3人の仲間と奮闘! オンリーワンの学園ファンタジー。

第4回『このライトノベルがすごい!』大賞
優秀賞

このラノ文庫

ヒャクヤッコの百夜行

サブ
イラスト／Ixy《いくしー》

定価:本体562円+税

ウザカワ狐耳ヒロインが学園で巻き起こす痛快!妖怪!ラブコメ&バトル!?

霊能力者家系の裕也は、怪奇事件を解決するため、とある学園に潜入。そこで狐耳の少女・百留谷津子(ウザさ120%)と出会い、事態は思わぬ方向に!?

このラノ大賞　検索

第4回
『このライトノベルがすごい!』大賞

5人の先輩(全員美少女)とぼっち少年が織り成すハイパー日常系コメディ!

美少女だけど、どこか変な5人の先輩たちと一緒に人生の勝ち組を目指せ! 演劇部部室で日々展開される、無軌道かつハイテンションな日常系コメディ登場!

定価:本体562円+税

長谷川《はせがわ》 也《なりや》 イラスト/皆村春樹《みなむらはるき》

藤瀬《ふじせ》雅輝《まさてる》
イラスト/荻pote《おぎぽて》

彼女の××が奪われた!?
<呪い>を打ち破って
幸せをつかみとれ

「俺は那須谷繭香が好きだ!」晴れて繭香と恋人同士となった貫平。ところが、学園に伝わる「非モテの呪い」の試練が襲ってきた……。貫平の恋はどうなる!?

定価:本体562円+税

宝島社 お求めは書店、インターネットで。

魔法少女育成計画
遠藤《えんどう》浅蜊《あさり》
イラスト／マルイノ
コミック化プロジェクト進行中!
第2回『このライトノベルがすごい!』大賞
栗山千明賞受賞作家
シリーズ計6点
❶＋episodes
restart(前)(後)
limited(前)(後)
このラノ文庫
脱落するのは、一週間に一人。
騙す、出し抜く、殺し合う。
(1巻あらすじ)大人気ソーシャルゲーム『魔法少女育成計画』は、数万人に一人の割合で本物の魔法少女を作り出す奇跡のゲームだった。魔法の力を得て、充実した日々を送る少女たち。しかしある日、運営から「増えすぎた魔法少女を半分に減らす」という通告が届き、16人の魔法少女によるサバイバルレースが幕を開けた……。第2回『このラノ』大賞・栗山千明賞受賞作家の遠藤浅蜊が贈る、マジカルサスペンスバトル!
魔法少女育成計画 limited(後)
遠藤浅蜊
マルイノ
定価: 本体630～657円 ＋税

このラノ大賞 検索

第1回『このライトノベルがすごい!』大賞
優秀賞受賞作家

このラノ文庫

スクールライフ・オンライン

シリーズ計3点

木野《きの》裕喜《ゆうき》　イラスト／hatsuko《ハツコ》

定価：本体600円〜648円＋税

起立、礼、ログイン!
新機軸のオンラインゲーム小説!

（1巻あらすじ）「楽しみながら学ぶ」を目標に授業にオンラインゲームを取り入れ、大きな成果を上げた私立栄臨学園。だがその結果、今日では生徒たちの間に「レベルこそがすべて」という風潮が広がっていた。新藤零央はそんな現状に疑問を抱き、ひとり孤独なプレイを続けていたが、ある日の大型アップデートを境に、彼の学園生活は大きく変わり始め——。リアルとゲームが交錯する、学園×オンラインゲーム小説!

宝島社　お求めは書店、インターネットで。

このライトノベルがすごい!文庫
最新情報は公式サイトをチェック!
http://konorano.jp/bunko/
新刊情報、書き下ろし新作短編など、随時更新中!
このライトノベルがすごい!文庫"スペシャルブログ"には書き下ろし外伝、新刊試し読みなどコンテンツ盛り沢山!
http://blog.award2010.konorano.jp/
編集部からの最新情報は、"編集部ブログ""公式twitter"にて!
編集部ブログ http://blog.konorano.jp/
公式twitter @konorano_jp
このライトノベルがすごい!文庫は毎月10日ごろ発売!